E. C. Tubb

Derai

E. C. TUBB
EARL DUMAREST

DERAI

Aus dem Englischen von Thomas Michalski

Eine Veröffentlichung des
Atlantis-Verlages, Stolberg
Dezember 2015

Titel der Originalausgabe: *Derai*

Copyright © 1968 by E. C. Tubb
Vermittelt durch Philip Harbottle

Alle Rechte dieser Ausgabe vorbehalten.

Druck: Schaltungsdienst Lange, Berlin

Titelbild & Umschlaggestaltung: Timo Kümmel
Lektorat & Satz: André Piotrowski

ISBN der Paperback-Ausgabe: 978-3-86402-304-0
ISBN der eBook-Ausgabe (ePub): 978-3-86402-308-8

Besuchen Sie uns im Internet:
www.atlantis-verlag.de

1

Dumarest war beim Training, als die Himmelsbestie kam. Er stand dort auf seine Fußballen erhoben, eine kurze Stange aus Blei in seiner Hand, wehrte die wilden Hiebe und Stöße eines meterlangen Stahlstabes ab und wich ihnen aus. Schweiß tropfte von seinem Gesicht und seinem nackten Oberkörper; Nada spielte nicht und sie war stark genug, die stählerne Stange durch die schwüle Luft heulen zu lassen. Sie war außerdem Sadistin genug, es zu genießen.

»In Ordnung«, sagte sie schließlich. »Das ist genug.« Sie trat zurück und warf die Stange beiseite. Ihre Bluse, die sich straff über ihre Brüste spannte, war vom Schweiß dunkel. Ihr langes, dunkles Haar klebte an Nacken und Wangen. Ihre Haut schimmerte im trüben Licht des Zeltes leicht olivfarben. »Du bist schnell«, sagte sie bewundernd. »Richtig schnell.«

»Bin ich das?« Er blickte an seinem Körper herab. Eine aufgerissene, flache Schnittwunde verlief über seine Rippen. Ein tieferer Schnitt zeichnete seine linke Seite, zwei andere seinen linken Unterarm. Die Wunden waren unter einer Schicht transparenten Kunststoffs fast verheilt.

»Da warst du unerfahren. Noch schwach auf den Beinen vom niedrigen Reisen. Und sie hatten Glück«, fügte sie hinzu. »Jene, die es schafften, dich zu treffen, meine ich. Glück genug, einen Treffer zu landen, aber nicht Glück genug, um zu gewinnen.« Sie trat nah heran und stand vor ihm. Sie war exakt einen Kopf kleiner als er. »Du bist gut, Earl«, sagte sie. »Wirklich gut.«

»Mir ist ganz heiß.«

»Dann wasch dich.« Sie verstand sehr wohl, was er meinte. »Ich habe einen Eimer nach draußen gestellt.«

Es war ein 20-Liter-Fass, der Deckel entfernt, beinahe voll mit lauwarmem Wasser. Er tauchte seine Arme ein, wusch seinen Oberkörper, tauchte dann seinen Kopf unter. Als er sich erhob, hörte er das schwermütige Dröhnen. Dort oben, zwischen den verstreuten Wolken treibend, starb eine Bestie.

Die meisten der Hilfsbehälter waren bereits durchstochen worden und hingen wie zerfetzte Nebelbänder am Rande des großen, halbkugelförmigen Körpers. Während Earl und Nada noch zuschauten, stieß ein Schwarm heimischer Himmelsbewohner aus den Wolken, um an dem Eindringling zu reißen: wie Ratten, die einen Hund quälten. Dieser wehrte sich mit dem Saum aus Tentakeln, die unter seinem Körper hingen, ergriff seine Peiniger, ließ sie mit zerrissenen Gassäcken herabfallen. Andere ihrer Art fraßen sie, bevor sie auf dem Boden aufschlagen konnten. Wieder andere setzten den Angriff fort.

»Sie hat keine Chance«, sagte Nada. »Gar keine.« Ihre Stimme troff vor Erwartung.

Plötzlich übergab sich die Kreatur in einem verzweifelten Versuch, Höhe zu gewinnen. Eine Wolke aus Wasserdampf und aufgenommener Nahrung sprühte in einem Kaleidoskop farbigen Rauches hervor. Sie stieg etwas auf, vor Schrecken und Furcht dröhnend, fast hilflos, hier über dem flachen Land, fernab der starken Thermiken ihres bergigen Weidegrundes. Von hoch oben und etwas seitlich von ihr schauten die Hüter, die sie mit Luftstößen und elektrischen Sonden zur Stadt getrieben hatten, aus der Sicherheit ihrer schwebenden Plattformen zu.

»Bald«, freute sich Nada. »Bald!«

Die Angreifer stießen vor, um sie zu erlegen. Sie rissen an den peitschenden Tentakeln, an der weichen Unterseite, an der starken Haut des Hauptgassacks. Die Kreatur übergab sich erneut und warf dann, als natürlicher Wasserstoff aus seiner durchstoßenen Haut sprühte, ihre Sporen aus.

Ihr Todesschrei hallte über der Stadt wider, als eine Wolke glitzernder Fragmente in der Luft funkelte.

»Schön.« Nada starrte gedankenverloren auf die herabfallenden Überreste der Kreatur. Um sie herum waren die Angreifer damit beschäftigt zu fressen. Nur wenig, wenn überhaupt etwas, würde den Boden erreichen. »Sie bringen noch eine andere für das Finale«, sagte sie. »Ich habe mit den Wärtern geredet. Es ist eine wirklich große. Sie werden sie verbrennen«, ergänzte sie. »Bei Nacht.«

Dumarest tauchte seinen Kopf erneut in das Wasser. Er erhob sich und wrang seine Haare aus. Tropfen schmiegten sich an seine nackte Haut wie farbiger Tau. »Machen sie das immer?«

»Eine verbrennen? Sicher. Es ist ein großes Schauspiel«, erklärte sie. »Etwas, um den Touristen eine hohe Rechnung präsentieren zu können. Eine Glanznummer, sozusagen.« Sie lächelte über ihren eigenen Witz. »Bist du das erste Mal auf Kyle?«

Dumarest nickte.

»Wir werden uns bald auf den Weg machen«, sagte das Mädchen. »Das Festival ist vorbei. Elgar ist der nächste Halt. Davon gehört?«

»Nein.«

»Eine lausige Absteige«, sagte sie leidenschaftslos. »Dann Gerath, dann Segelt, dann Folgone. Das ist ein seltsamer Ort«, sinnierte sie. »Wirklich seltsam. Kommst du mit uns?«

»Nein.« Dumarest langte nach einem Handtuch. Sie reichte es ihm.

»Du könntest schlechter dran sein«, deutete sie an. »Aiken mag dich. Und«, fügte sie bedeutungsvoll hinzu, »ich mag dich auch.«

Dumarest beschäftigte sich mit dem Handtuch.

»Wir würden ein gutes Paar abgeben. Ich bin die einzige Frau, die du jemals brauchen wirst, und du bist genau der Mann, den ich immer wollte. Wir würden gut miteinander auskommen.« Sie fing das Handtuch auf, das er ihr zuwarf, und sah zu, wie er sich anzog. »Was sagst du, Earl?«

»Es würde nicht funktionieren«, sagte er. »Ich bleibe gerne in Bewegung.«

»Warum?«, verlangte sie zu wissen. »Du suchst nach etwas«, entschied sie. »Das oder du läufst vor etwas fort. Welches von beidem ist es, Earl?«

»Keines«, sagte er.

»Also?«

»Nein«, sagte er. Und ließ sie alleine stehen.

* * *

Aiken lebte in einem abgesperrten Abschnitt im hinteren Teil des Zeltes, aß und schlief auch dort. Der Eigentümer war ein kleiner, runder, pummeliger Mann, der dazu neigte zu schwitzen. Er blickte von der hochkant gestellten Kiste auf, die er als Schreibtisch verwendete, und schlug eilig den Deckel einer Geldkassette zu. »Earl!« Er verzog sein Gesicht zu einem Lächeln. »Schön, dich zu sehen, Junge. Hast du etwas auf dem Herzen?«

»Meinen Anteil«, sagte Dumarest. »Ich will ihn.«

»Sicher.« Aiken begann zu schwitzen. »Deinen Anteil.«

»Das ist richtig.« Dumarest stand auf der einen Seite des groben Schreibtischs und blickte auf den kleinen Mann herab. »Du hattest Zeit, ihn abzuzählen«, sagte er. »Falls nicht, weiß ich genau, wie viel es sein sollte. Soll ich's dir sagen?«

»Das ist nicht nötig«, sagte Aiken. »Ich hatte nicht gedacht, dass du es so eilig hättest«, erklärte er. »Wir haben noch ein paar Tage bis zum Ende des Festivals. Wie wäre es, wenn wir es dann begleichen?«

Dumarest schüttelte seinen Kopf. »Schau«, sagte er sanft, »ich will dieses Geld. Ich habe dafür gekämpft. Ich habe es verdient. Nun will ich es haben.«

»Das ist verständlich.« Aiken zog ein Taschentuch heraus und wischte sich über Gesicht und Nacken. »Ein Mann mag es, sich des Geldes zu bedienen, das er verdient hat, vielleicht ein bisschen davon auszugeben. Zumindest ein Mann, der ein Narr ist. Aber, Earl, du bist kein Narr.«

Dumarest stand dort, wartete.

»Das Geld«, sagte Aiken. »Es ist deines – darüber will ich gar nicht streiten –, aber warum es nicht investieren, solange du die Chance hast? Hör zu«, drängte er. »Das ist ein nettes, kleines Setup. Wir haben Nada als Lichtstrahl, der die Tölpel reinlegt, ein paar Standhafte, die schnell bluten, und einen Komiker, der für einen Lacher gut ist. Mit dir im Ring können wir nicht verlieren. Wir können Wetten von zehn zu eins anbieten, wer den ersten Treffer landet, und dennoch abräumen. Besser noch, wir können private Kämpfe aufnehmen. Du weißt, Messer mit 25 cm Klingenlänge und kein Mitleid. Großes Geld, Earl. Großes Geld.«

»Nein«, sagte Dumarest.

»Du lässt dir die Chance deines Lebens entgehen.«

»Möglich. Wo ist mein Anteil?«

»Hast du Nada gesehen? Sie will mit dir reden.«

»Ich hab sie gesehen.« Dumarest beugte sich vor, sein Gesicht unnachgiebig. »Was ist los, Aiken? Willst du mich nicht bezahlen?«

»Sicher will ich«, sagte der Eigentümer. Seine Augen blickten wild und verstohlen umher. »Sicher will ich«, wiederholte er, »nur ...« Er brach ab, schluckte. »Schau, Earl«, sagte er verzweifelt. »Ich sag's dir geradeheraus. Die Dinge sind nicht so gut gelaufen. Die Konzession kostete mehr, als ich geglaubt hatte, und die Tölpel sind ferngeblieben. Was ich versuche zu sagen, ist, dass ich praktisch bankrott bin. Ich schulde den anderen noch was. Ich muss Fracht und Geld für die Passage zum nächsten Halt entlang der Route finden. In der Stadt sind Rechnungen fällig. Mit deinem Anteil kann ich es gerade so schaffen.«

»Und ohne ihn?«

»Bin ich geschlagen«, gab Aiken zu. »Ich wäre gestrandet. Erledigt.«

»Jammerschade«, sagte Dumarest. »Bezahl mich.«

»Aber ...«

Dumarest langte vor und fasste den anderen Mann an der Schulter. Langsam presste er seine Finger zusammen. »Ich habe für das Geld gearbeitet«, sagte er ruhig. »Ich bin das Risiko eingegangen, getötet zu werden, um es zu verdienen. Gibst du es mir nun oder soll ich mich selber bedienen?«

Außerhalb des Zeltes zählte er das Geld. Es war gerade genug für eine einzelne hohe Passage auf einem Schiff, das nicht zu weit reiste. Nachdenklich ging er den mittleren Bereich des Jahrmarktes herab. Buden standen auf jeder Seite, manche offen, die meisten auf die Nacht wartend, wenn die anderthalb Quadratkilometer, die für die Festspiele reserviert waren, wirklich zum Leben erwachten. Eine verstärkte Stimme scholl von einem Zelt zu ihm herüber.

»Hey, Sie da! Wollen Sie wissen, wie es ist, bei lebendigem Leibe verbrannt zu werden? All-sinnliche Gefühlsets geben Ihnen den Nervenkitzel Ihres Lebens! Echte Aufnahmen von Pfählungen, Lebendig-begraben-Werden, Häutungen, Verstümmelungen und viele weitere. Sechzehn verschiedene Arten von Folter! Sie spüren es, nehmen es wahr, wissen, wie es ist. Schnell! Schnell! Schnell!«

Die Männerstimme verstummte. Weiter die Reihe hinab flüsterte eine Frauenstimme:

»Hallo, Hübscher. Willst du meine Hochzeitsnacht miterleben? Finde heraus, wie sich die kleine Frau fühlt. Passe deine Technik an. Erlange den Ruf eines Mannes, der weiß, worum es geht. Beglücke die Damen. Tritt direkt vor für eine neue Erfahrung!«

Eine dritte Stimme, stiller, ohne Verstärkung. »Almosen, Bruder?«

Ein Mönch der Universalen Bruderschaft stand am Tor der Einzäunung. Er hatte ein bleiches, dünnes Gesicht, umrahmt von der Kapuze seiner selbst gewebten Robe. Er streckte seine angeschlagene Plastikschale aus, als Dumarest anhielt.

»Aus deiner Barmherzigkeit, Bruder«, sagte er. »Vergiss die Armen nicht.«

»Wie sollte ich sie vergessen?« Dumarest warf Münzen in die Schale. »Wie könnte irgendjemand? Sie haben viel Arbeit auf Kyle, Bruder.«

»Da sagst du was Wahres«, entgegnete der Mönch. Er blickte auf die Münzen in der Schale. Dumarest war großzügig gewesen. »Dein Name, Bruder?«

»Sodass ich in Ihre Gebete aufgenommen werde?« Dumarest lächelte, aber gab die Information. Der Mönch trat näher.

»Es gibt einen Mann, der dich sucht«, sagte er ruhig. »Ein Mann von Einfluss und Macht. Es wäre zu deinem Vorteil, ihn aufzusuchen.«

»Danke, Bruder.« Die Mönche, wusste Dumarest, hatten hochgestellte Freunde und ein Informationsnetzwerk, das sich durch die Galaxis ausdehnte. Die Universale Bruderschaft war, bei aller Bescheidenheit, eine echte Macht. »Sein Name?«

»Moto Shamaski. Ein Verwalter in der Stadt. Wirst du ihn aufsuchen?«

»Ja«, sagte Dumarest. »Bleiben Sie gesund, Bruder.«

»Bleib gesund.«

* * *

Der Verwalter hatte graues Haar, graue Augen, einen grauen Bart, rasiert im Muster seiner Gilde. Seine Haut war von einem verblassten Safrangelb, von Fältchen gekreppt, mit Tränensäcken unter den schrägen Augen. Er erhob sich, als Dumarest das Büro betrat, und neigte grüßend seinen Kopf. »Sie haben mich nicht warten lassen«, sagte er. Seine Stimme war dünn, präzise. »Ich weiß das zu schätzen. Akzeptieren Sie eine Erfrischung?«

»Danke sehr, nein.« Dumarest blickte sich kurz in dem Büro um, bevor er den angebotenen Stuhl annahm. Es war ein sanfter, luxuriöser Ort, der Teppich auf dem Boden dick, die Decke ein Gewebe aus schallabsorbierenden Fasern. Ein paar einfache Designs schmückten die vertäfelten Wände, erlesene Stickereien von schwieriger Herstellung, seltene und wertvolle Beispiele von Sha'Tung-Kunst. Moto Shamaski war ein reicher und kultivierter Mann.

»Es ist gut, dass Sie mich aufsuchen«, sagte er. »Ich hoffe, es hat Ihnen keine Umstände gemacht.«

»Nein.« Dumarest ließ sich nichts vormachen, was seine eigene Bedeutung betraf: Männer wie der Verwalter waren immer höflich. »Ich habe erfahren, dass Sie mich sprechen wollten«, sagte er. »Offensichtlich wollen Sie das. Darf ich fragen, warum?«

Der Verwalter lächelte mit seinen Lippen, nicht mit seinen Augen – sie waren damit beschäftigt, den Besucher abzusuchen. Dumarest erkannte das Ritual: Lasse die Stille anhalten und sie würde, vielleicht, etwas von Interesse enthüllen: Ungeduld, Arroganz, Unterwürfigkeit oder schlicht das vorrangige Bedürfnis zu reden.

Gelassen lehnte er sich zurück, ließ seine Augen vom Verwalter dorthin wandern, wo eine nahtlose Kristallscheibe den Großteil einer Wand einnahm. Sie ermöglichte einen klaren Blick auf den Himmel und die berühmten Wolken von Kyle.

»Sind sie nicht wunderschön?« Der Verwalter lehnte sich vor, schaute auf die farbigen Schatten, die über das Gesicht seines Besuchers streiften. Es war ein starkes Gesicht, hart, entschlossen. Das Gesicht eines Mannes, der gelernt hatte, ohne den Schutz einer Gilde, eines Hauses oder einer Organisation zu leben. »Ich bin seit dreißig Jahren auf Kyle«, sagte er leise. »Ich werde niemals müde, den Himmel zu betrachten.«

Dumarest sagte nichts dazu.

»Dass solch kleine Organismen solch eine Pracht erschaffen«, sinnierte der Verwalter. »Sie leben, pflanzen sich fort und sterben in ihren großen Schwärmen hoch über dem Grund. Nahrung für andere, die ihre luftige Umgebung teilen. Eine Sache, die es nur auf Kyle gibt und für die der Planet Grund hat, dankbar zu sein.«

»Das Festival«, sagte Dumarest. Er wandte sich vom Fenster ab, um den Mann über den Schreibtisch hinweg anzublicken. »Die Zeit, in der sich die Himmelsbestien vom Weiden abwenden, um im Rausch der Paarung zu kämpfen. Das«, sagte er trocken, »und andere Dinge.«

Nun war es an dem Verwalter, dazu nichts zu sagen. Shamaski war ein alter Mann, einer, der das Schöne liebte, der es vorzog, sich nicht mit den anderen Aspekten des Festivals aufzuhalten, den Spielen und der wilden Lust, den Perversionen und dem Hingeben zu Gräueltaten, die den ungeduldigen Touristen, die ihren Reichtum nach Kyle brachten, die langen Nächte vertrieben. Stattdessen wies er auf ein Tablett, das auf einem kleinen Tisch auf einer Seite des Raumes stand. »Sind Sie sicher, dass Sie nichts möchten? Etwas Tee, vielleicht?«

Dumarest schüttelte seinen Kopf, seine Augen gedankenvoll. Der Mann hatte nach ihm geschickt – warum die Verzögerung?

»Sie sind ungeduldig«, sagte der Verwalter scharfsinnig. »Und, kein Zweifel, ein wenig neugierig. Es sind natürliche Eigenschaften, aber Sie verbergen sie gut.« Er drückte einen Knopf an der Kante seines Schreibtisches. Ein Bedienfeld leuchtete auf der flachen Oberfläche, die Helligkeit von Schriftzeilen versehen. »Earl Dumarest«, las Shamaski vor. »Ein Reisender. Sie sind hier von Gleece aus eingetroffen und niedrig gereist. Vor Gleece waren Sie auf Pren, davor auf Exon, Aime, Stulgar. Vor Stulgar waren Sie Gast der Matriarchin von Kund. Sie reisten mit ihrer Gefolgschaft von Gath aus, wo Sie, nehme ich an, von einigem Nutzen sein konnten.« Er blickte von dem Schreibtisch auf. »Sind diese Informationen richtig?«

»Das sind sie«, sagte Dumarest. Er wunderte sich, über welche

Ressourcen der Verwalter verfügen musste, um so viel in so kurzer Zeit erfahren haben zu können. Vielleicht die Mönche? Oder sollte er das Thema sich verbreitender Neuigkeiten sein? Der Gedanke war beunruhigend.

»Bei Ihrer Ankunft hier«, fuhr der Verwalter fort, »sind Sie ein Arrangement mit einem Konzessionär eingegangen, der sich auf die Austragung von Nahkämpfen spezialisiert hat. Sie hatten moderaten Erfolg. Jedoch ist das Festival beinahe vorbei und weitere Möglichkeiten, Geld zu verdienen, sind begrenzt. Stimmen Sie auch darin zu?« Er verdunkelte das Bedienfeld, als Dumarest nickte. »Sie sind gerissen, fähig und erfahren«, fasste der Verwalter zusammen. »Jung genug, um listenreich, und alt genug, um diskret zu sein. Eine glückliche Kombination.«

»Sie wollen mich einstellen«, sagte Dumarest plötzlich.

Der Verwalter stimmte zu. »Würden Sie einen Auftrag aus meiner Hand akzeptieren?«

»Es kommt darauf an«, sagte Dumarest, »was es ist.«

Der Verwalter erhob sich, ging zu dem Tablett und kehrte mit Tassen voll duftendem Tee zurück. »Es ist tatsächlich ziemlich einfach«, erklärte er. »Ich möchte, dass Sie eine junge Person nach Hive eskortieren. Kennen Sie den Planeten?«

Dumarest war vorsichtig. »Nein.«

»Eine abgelegene Welt in einiger Entfernung von hier und relativ unbedeutend. Der Planet wird von einem Syndikat von Häusern verwaltet und die Person, die Sie eskortieren sollen, ist Mitglied von einem von ihnen.« Der Verwalter nippte, genoss seinen Tee. »Solche Häuser«, deutete er an, »sind nicht kleinlich.«

»Vielleicht nicht«, sagte Dumarest. »Aber ist es jemals klug, auf die Dankbarkeit von Fürsten zu vertrauen?«

»Nein«, gab Shamaski zu. Er nippte erneut an seinem Tee. »Ich werde Ihnen die Kosten für drei hohe Passagen bezahlen. Akzeptieren Sie?«

Dumarest zögerte. »Sie sagen, Hive sei eine abgelegene Welt«, betonte er. »Ich werde vermutlich auf ein Schiff warten müssen und dann werde ich meine Passage bezahlen müssen. Wie soll ich daran etwas verdienen?«

»Es war nicht Ihre Absicht, nach Hive zu gehen?«

»Nein«, log Dumarest.

»Nun gut«, entschied der Verwalter. »Ich bezahle Ihnen die Kosten zweier hoher Passagen. Netto«, fügte er hinzu. »Zusätzlich werde ich die Ausgaben der Ausreise übernehmen. Ist das zufriedenstellend?«

Dumarest leerte langsam seinen Tee und setzte die Tasse ab. Der Verwalter hatte ein wenig zu bereitwillig das Angebot erhöht. Müßig tauchte er einen Finger in den Bodensatz und fuhr damit den Rand entlang. Ein dünnes, hohes Klingeln erfüllte das Büro, eine Note von absoluter Reinheit. »Eine Frage«, sagte er, seinen Finger hebend. »Sie sagen, diese Person ist ein Mitglied eines bekannten Hauses. Warum entsenden sie keine eigene Eskorte?«

Der Verwalter blieb geduldig. »Es ist eine Zeitfrage. Es ist schneller, die betroffene Person zu schicken als eine Nachricht und dann auf eine Eskorte zu warten.«

Das entsprach schon der Wahrheit, aber die Antwort war aufschlussreich. Die Person war demnach von einiger Bedeutung. Dumarest bohrte etwas tiefer. »Es gibt Grund zur Eile?«

»Es gibt keinen Grund zur Verzögerung«, sagte der Verwalter. Er wurde, vermutete Dumarest, ein wenig gereizt. »Die Schiffe verlassen bald Kyle. Eine Verzögerung jetzt könnte eine gesonderte Charter erforderlich machen. Werden Sie den Auftrag annehmen? Vorausgesetzt natürlich, dass Sie von der betroffenen Person akzeptiert werden. Das«, ergänzte er, »ist ein wesentlicher Bestandteil des Vertrages.«

»Natürlich.« Dumarest entschied sich. Er hatte auf den Verwalter so viel Druck ausgeübt, wie er konnte – mehr und er würde die Gelegenheit verlieren. »Ich nehme an«, sagte er. »Wann treffe ich meinen Schützling?«

»Sofort.« Shamaski drückte einen Knopf und ein Paneel an der Wand glitt auf. »Erlauben Sie mir, Ihnen Lady Derai aus dem Hause Caldor vorzustellen. Mylady, dies ist Earl Dumarest, der, mit Eurer Erlaubnis, Euer Führer und Beschützer sein wird.« Er streckte seine Hand aus, um ihr in das Büro zu helfen.

Sie war hochgewachsen, gertenschlank, mit Haar so silbern, dass es nahezu farblos war. *Ein Kind,* dachte Dumarest. *Ein verängstigtes und erschrockenes Kind.* Dann sah er ihre Augen, riesig in der knochenbleichen Blässe ihres Gesichtes. *Kein Kind,* verbesserte er sich. *Eine junge Frau, mindestens heiratsfähig, aber dennoch verängstigt, dennoch erschrocken. Aber weshalb?*

»Mylady.« Er stand auf, in seiner ganzen Größe, als der Verwalter ihre Seite verließ.

»Sie wirken überrascht«, sagte Shamaski sanft. »Ich kann Ihnen keinen Vorwurf machen.« Er bewegte sich zu dem Tablett, goss Tee ein, sprach ruhig über die Tasse hinweg. »Sie kam vor einigen Wochen zu mir in einem extremen Zustand von Schock und Panik. Ein Mönch hatte sie unten am Landefeld gefunden. Ich nahm sie unter meinen Schutz. Ich bin ein Verwalter«, erklärte er. »Ein Geschäftsmann. Ihr Haus hat Macht und ist nicht ohne Einfluss. Ich habe in der Vergangenheit mit ihnen Geschäfte gemacht und hoffe in der Zukunft auf weitere. Der Bruder kennt meine Interessen und sie ersuchte um meine Hilfe.«

»Warum?«

»Sie vertraute mir. Ich war der Einzige, dem sie glaubte, vertrauen zu können.«

»Das meinte ich nicht«, sagte Dumarest ungeduldig. »Warum hat sie um Ihre Hilfe ersucht? Welche Art von Hilfe?«

»Zuflucht. Einen sicheren Ort, um sich auszuruhen. Schutz.«

»Das Mitglied eines bekannten Hauses?« Dumarest runzelte die Stirn; die Sache war unlogisch. Sie wäre doch sicher mit ihrem eigenen Gefolge gereist? »Es ergibt keinen Sinn«, betonte er. »Warum bat sie nicht ihresgleichen? Was machte sie hier überhaupt?«

»Sie musste fortlaufen«, erklärte der Verwalter. »Sie nahm eine Passage auf dem ersten verfügbaren Schiff und es brachte sie hierher nach Kyle. Sie traf zu Beginn des Festivals ein«, fügte er bitter hinzu. »Als die Straßen dicht gedrängt waren mit perversen Bestien, die hofften zu sehen, wie Schönheit zerstört und der Himmel vom Tod erfüllt würde. Jene, die an den Spielen teilnehmen und die für den Anblick von Blut bezahlen. Sie sollten sie kennen.«

»Es sind Männer«, erwiderte Dumarest. »Und Frauen. Gelangweilt, sensationslüstern, begierig auf Nervenkitzel. Leute auf Urlaub. Ist es ihnen vorzuwerfen, wenn Kyle ihre niedersten Triebe versorgt?«

»Wem ist es letzten Endes wirklich vorzuwerfen?«, sinnierte der Verwalter. »Dem Perversling oder jenen, die seine Perversion befriedigen? Über diese Frage wurde gegrübelt, seit die Menschen die Ethik entdeckten. Eine zufriedenstellende Antwort muss noch gefunden werden.«

»Vielleicht wird sie das nie.« Dumarest wandte sich um, als das Mädchen sich auf sie zubewegte, bewunderte die Art, wie sie ging, wie ihre Füße scheinbar über den Teppich glitten. Ihr Haar war so fein, dass es sich durch den Luftzug ihres Ganges hob. »Mylady?«

»Wann reisen wir ab?«, fragte sie. »Wird es bald sein?«

»Ihr akzeptiert mich als Euer Geleit, Mylady?«

»Ich akzeptiere. Wann reisen wir ab?«

Ihre Stimme war warm, reich, in scharfem Kontrast zu ihren blutleeren Lippen. *Anämie*, dachte Dumarest unbewegt, *oder Leukämie, aber warum leidet sie an solch unbedeutenden Erkrankungen, wenn sie den Reichtum eines Hauses hat, um medizinische Hilfe zu rufen?* Er sah sie an, genauer als zuvor. Sie war zu dünn für ihre Größe. Ihre Augen waren zu groß, ihr Hals zu lang, ihre Hände zu zerbrechlich. Von der silbernen Kaskade ihres Haares umrahmt, hatte ihr Gesicht einen merkwürdigen, unvollendeten Anschein, als wäre sie dem Mutterleib zu früh entsprungen. Und doch war sie wunderschön.

»Es wird bald sein, Mylady«, versprach Shamaski. »So bald, wie es arrangiert werden kann.«

Sie nickte und schlenderte davon, um gedankenverloren mit den Kanten des Schreibtisches zu spielen.

Dumarest beobachtete sie, während er mit dem Verwalter sprach. »Da ist etwas, das ich nicht verstehe«, sagte er sanft. »Sie wollen, dass ich sie nach Hive bringe. Sie will offensichtlich dorthin. Warum?«

»Es ist ihre Heimat.«

»Und doch rannte sie fort?«

»Ich sagte nicht, dass sie von Hive fortlaufen musste«, erinnerte der Verwalter.

»Stimmt.« Dumarest hatte stillschweigend zu viel vorausgesetzt. »Aber warum kann sie nicht alleine reisen? Sie hat es einmal getan, warum nicht wieder?«

»Sie fürchtet sich«, sagte Shamaski. »Sicherlich spüren Sie das? Und doch ist ihre Angst nichts im Vergleich zu dem, was sie war. Als sie zu mir kam, war sie entsetzt. Niemals zuvor habe ich einen Menschen in solch einer Angst gesehen.«

Er muss, dachte Dumarest, *große Erfahrungen mit der Emotion gemacht haben. Insbesondere auf Kyle während des Festivals.*

»In Ordnung«, sagte er. »Also fürchtet sie sich, alleine zu reisen. Das kann ich verstehen. Aber warum rannte sie fort?«

»Aus dem gleichen Grund. Angst.«

»Was für Angst?«

»Angst um ihr Leben. Sie war überzeugt, dass jemand beabsichtigte, sie zu töten. Sie konnte an nichts denken als an die Notwendigkeit zu fliehen. Sie verstehen also«, sagte der Verwalter, »warum es unerlässlich ist, dass sie ihrem Begleiter vertraut. Sie wird mit niemandem sonst reisen.«

Eine Paranoikerin, dachte Dumarest düster. *Das ist es also, worum es hier geht: Das Mädchen ist wahnsinnig.* Er fühlte Mitleid, aber keine Überraschung. Alte Familien neigten dazu, untereinander zu heiraten, bis zu dem Punkt, an dem schädliche Gene überwogen, und bekannte Häuser waren die schlimmsten Missetäter. Aber warum hatten die sie nicht behandelt? Warum hatten sie nicht zumindest den Teil des Gehirns ausgebrannt, der die Furcht regulierte?

Er verwarf die Frage. Das ging ihn nichts an. Für den Wert zweier hoher Passagen war er bereit, mehr zu tun, als nur ein geistig labiles Mädchen zu ihrer Heimatwelt zu begleiten. Insbesondere wenn diese Welt ein Ort war, den er erreichen wollte.

»Bitte«, sagte sie erneut, blickte auf. »Werden wir bald abreisen?«

»Ja, Mylady«, sagte Dumarest. »Bald.«

2

Dumarest buchte eine Passage auf einem kleinen Schiff, das Stückfracht und Passagiere nach Hive brachte. Es war nicht das beste seiner Art, aber es war das erste, das abreiste, und er hatte es eilig, in Bewegung zu kommen. Es würde eine lange Reise sein. Nicht für jene, die niedrig reisten, betäubt, gefroren und zu neunzig Prozent tot in der düsteren Kältezone des Schiffes, in Boxen ruhend, die entworfen worden waren, um Nutztiere zu transportieren. Für sie würde die Reise gar keine Zeit dauern. Für einige würde es die letzte Reise sein, die sie jemals machten, die unglücklichen fünfzehn Prozent, die ihr Glück einmal zu oft auf die Probe gestellt hatten und niemals wieder erwachen würden.

Ebenso wenig für jene, die hoch reisten. Sie genossen die Magie der Schnellzeitdroge, die ihren Metabolismus verlangsamte, sodass die Zeit vorbeirauschte und ein Tag wie weniger als eine Stunde wirkte. Doch sogar für sie existierte die Zeit und musste auf traditionelle Weise vertrieben werden.

»Fünf.« Ein dünner Mann mit hohlen Wangen schob verstohlen einen kleinen Münzstapel zur Mitte des Tisches. Reflektiertes Licht schimmerte von dem schweren Ring, den er an einem Finger trug. »Und ich erhöhe um fünf weitere.«

Ein fetter Mann, ein freischaffender Händler, blickte auf seine Karten und presste seine Lippen zusammen. »Ich bleibe.«

Zwei andere folgten seinem Beispiel, stille Männer, die teure Kleidung trugen, Vertreter von Handelsimperien. Der fünfte Mann hingegen schüttelte seinen Kopf und warf seine Hand ab. Der sechste, ein weiterer Händler, zögerte und entschied dann, im Spiel zu bleiben. Dumarest saß dort, sah zu.

»Dieser Mann«, flüsterte das Mädchen an seiner Seite. »Der mit dem Ring. Er betrügt.«

»Seid Ihr sicher, Mylady?« Wie das Mädchen hielt Dumarest seine Stimme gesenkt. Er fand die Anschuldigung amüsant. Es war sehr wahrscheinlich, dass der Spieler betrügen würde, wenn er die Chance dazu hatte, aber es war höchst unwahrscheinlich, dass das Mädchen davon wusste.

»Ich bin sicher«, beharrte sie. »Er wird diese Hand gewinnen, Sie werden sehen.«

Der Spieler gewann.

Glück, dachte Dumarest. *Sie hat vermutlich gehört, dass alle Schiffe überfüllt sind mit professionellen Spielern, die darauf warten, die Arglosen auszunehmen. Nun, auf einem Schiff wie diesem konnte das schon zutreffen, aber selbst ein ehrlicher Spieler musste ab und an gewinnen.*

»Er hat betrogen«, sagte sie. »Ich denke, Sie wissen das. Spielen Sie darum nicht?«

Dumarest schüttelte seinen Kopf. Normalerweise wäre er in das Spiel eingestiegen, aber Glücksspiel erforderte Konzentration und das Mädchen war seine oberste Verantwortung. Er sah sie sich an, dort, wo sie saß. Sie hatte ihre Aura der Angst eingebüßt und der Verlust hatte ihr gutgetan. *Wie ein Kind beim Naschen*, dachte er. *Ein Mädchen im Urlaub. Es ist eine Schande, dass sie so dünn ist.*

Der Gedanke war das Vorspiel zum Handeln. Er sah sich in der Lounge um. Sie wurde von einem zentralen Licht erhellt, vollgestopft mit Stühlen, der Tisch nahm den meisten freien Raum ein. Auf einer Seite ragten Zapfhähne aus der Wand mit einem Regal voll Tassen darunter. Er erhob sich, ging zu ihnen und füllte zwei der Tassen mit einer cremigen Flüssigkeit. Er kehrte zurück und bot eine dem Mädchen an.

»Was ist das?« Sie schaute misstrauisch auf das Behältnis.

»Nahrung, Mylady. Es wäre klug, wenn Ihr etwas essen würdet.«

»Ich bin nicht hungrig.«

»Dennoch, Mylady, ist es das Beste, etwas zu essen.« *Solange Ihr die Chance dazu habt*, dachte er grimmig. Wie auch immer, es war alles im Fahrtpreis enthalten.

Sitzend nahm er einen Schluck von der dicken Flüssigkeit. Es war Basic, reich an Protein, süß von Glukose und gewürzt mit Vitaminen. Eine Tasse voll versorgte einen Raumfahrer mit der Grundration Nahrung für den Tag. Er nippte erneut. Die Flüssigkeit hatte die Temperatur von Blut, wurde von einem Mechanismus in der Basis des Behälters so gehalten.

»Ich mag das nicht«, beschwerte sich das Mädchen. »Ich will etwas Festes.«

Auf einem größeren Schiff hätte sie das haben können. Kalt, natürlich, da keine feste Nahrung ihre Hitze auf der langen Schnellzeit-Reise vom Teller zum Mund behalten konnte. Dies war jedoch kein großes Schiff und sie mussten entsprechend nehmen, was ihnen angeboten wurde.

»Esst, Mylady«, sagte er knapp. *Erkannte sie die Bedeutsamkeit von Nahrung nicht?* »Esst«, sagte er erneut, sein Ton sanfter. »Es wird Euch guttun.«

Sie gehorchte, mechanisch, ihre Augen geweitet, als sie die Spieler über den Rand ihrer Tasse hinweg anstarrte. »Er wird wieder gewinnen«, sagte sie. »Der mit dem Ring.«

Dumarest blickte zum Tisch. Die Spieler erwarteten die Karten, der mit dem Ring war dabei zu geben. »Zwei«, sagte der fette Reisende. Der Glücksspieler gab verdeckt zwei Karten und schob sie über den Tisch. »Drei«, sagte der erste Vertreter. »Eine«, sagte sein Begleiter. Die anderen beiden Spieler waren ausgestiegen.

»Er wird sich selbst drei Karten geben«, flüsterte das Mädchen, »und er wird gewinnen.«

Der Glücksspieler gewann.

»Wie wusstet Ihr das, Mylady?« Dumarest hatte geschaut, aber nichts Verdächtiges entdeckt.

»Ich wusste es einfach.« Sie stellte die leere Tasse ab. »Müssen Sie mich so nennen?«

»Mylady?«

»Das meine ich. Mein Name ist Derai. Ihrer ist Earl. Müssen wir so formell sein?«

»Wie Sie wünschen.« Es war eine Kleinigkeit; am Ende der Reise würden sie getrennte Wege gehen. Im Augenblick gab es etwas von größerer Wichtigkeit. »Derai, können Sie hellsehen?«

»Ich kann die Zukunft nicht voraussagen.«

»Wie wussten Sie dann, dass der Spieler sich drei Karten geben und gewinnen würde?«

Sie drehte sich um, nicht antwortend, die Kaskade aus Silber verbarg ihr Gesicht. Dumarest wunderte sich über ihre plötzliche Empfindlichkeit. Dann blickte sie ihn wieder an, ihre Augen leuchteten vor Aufregung. »Würden Sie gerne spielen, Earl? Ich könnte Ihnen sagen, wie Sie gewinnen.«

»Möglicherweise«, sagte er trocken. »Aber die anderen könnten Einwände haben.«

»Spielt das eine Rolle? Sie brauchen Geld und dies ist eine Chance, es zu bekommen. Warum lehnen Sie ab?«

Er seufzte und fragte sich, wie er es erklären sollte.

»Egal«, beschloss sie. »Ich werde selber spielen. Würden Sie mir bitte etwas Geld leihen?« Dann, als er zögerte: »Ich zahle es Ihnen mit Bonus zurück von dem, was ich gewinne.«

»Und wenn Sie verlieren?«

»Sie müssen mir vertrauen«, sagte sie ernst. »Ich werde nicht verlieren.«

* * *

Die Kabine war klein, schwach erleuchtet, bot Privatsphäre und wenig anderes. Sie enthielt zwei Kojen und eine von ihnen glitzerte vor Münzen. Derai hatte sie dorthin geworfen. Sie hatte, erinnerte sich Dumarest, die anderen praktisch ausgenommen. Er konnte noch immer nicht verstehen, wie sie es getan hatte.

»Was hab ich Ihnen gesagt?« Sie lag auf der anderen Koje, drückte die pneumatische Matratze kaum ein, ihr Haar weit auf dem Kissen ausgebreitet. Das schwache Licht verlieh ihrem Gesicht Farbe, verstärkte die Helligkeit ihrer Augen. »Nehmen Sie es«, drängte sie. »Alles. Es gehört Ihnen.«

Dumarest sammelte die Münzen auf und wusste, dass einige von ihnen metaphorisches Blut waren. Die anderen waren wegen ihrer Verluste gelassen gewesen, aber nicht der Glücksspieler. Er verzweifelte, die hohlen Wangen lagen eng an den Knochen seines Schädels, jedes Mal Schweißtropfen auf seiner Stirn, wenn er eine Hand verlor. Dumarest konnte sich denken, warum. Seine Verluste waren zu groß gewesen. Seine Schulden waren möglicherweise groß. Wenn er auf Basis einer verzögerten Bezahlung reiste, eine übliche Praxis bei seinem Schlag, hätte der Kapitän das Recht, ihn in Knechtschaft zu binden, bis er zahlen konnte. Und Dumarest vermutete, dass er nicht zahlen konnte. Nicht jetzt. So ein Mann konnte gefährlich sein. Es war möglich, dass er Rache suchen würde.

»Earl!«, sagte Derai. »Earl!«

Er wandte sich um. Das Mädchen keuchte, ihre Augen vor Schreck geweitet, die dünnen Hände umklammerten die Region, wo ihr Herz war. Er kniete sich, ignorierte den zu plötzlichen Schlag, als seine Knie auf das Deck trafen, seine Finger sanft auf ihrem Handgelenk. Ihr Puls raste. Er musste nicht fragen, was nicht in Ordnung war. Er konnte es spüren, die Aura der Angst, die sie wie ein lebendes Etwas umfasste. Aber warum? Er sah sich um; die Kabine war bar jeder Bedrohung.

»Earl!«

»Ich bin hier«, beruhigte er sie. »Sie müssen sich keine Sorgen machen.« Er zwang Überzeugung in seine Stimme. »Glauben Sie wirklich, dass ich es je erlauben würde, dass Ihnen etwas ein Leid antun könnte?« Er spürte eine plötzliche Welle behütender Sanftheit. Sie war zu jung, zu zart, um eine solche emotionale Bürde tragen zu müssen. Er spürte, wie ihre Finger zwischen seine eigenen glitten.

»Der Mann«, sagte sie. »Der mit dem Ring. Glauben Sie, er hasst mich?«

»Vermutlich ist das so«, stimmte er zu. »Aber er meint es nicht wirklich. Er ist nur wütend, weil Sie all sein Geld gewonnen haben. Wütend und ein bisschen verzweifelt. Auch ängstlich«, fügte er hinzu. »Ängstlicher als Sie und aus besserem Grund.« *Was*, dachte er trüb, *nicht wirklich stimmt. Niemand kann ängstlicher sein als ein Paranoiker, denn der weiß ohne den geringsten Zweifel, dass das gesamte Universum gegen ihn ist.* »Ich kümmere mich um den Spieler«, entschied er. »Ich gebe ihm sein Geld zurück. Das wird ihn davon abhalten, Sie zu hassen.«

»Sie sind ein guter Mann, Earl.«

»Ich bin ein Narr«, sagte er. »Er verdient es nicht. Aber ich tue es, um Sie glücklich zu machen.« Er erhob sich und hielt an der Tür inne. »Ich schließe Sie ein«, sagte er. »Öffnen Sie niemandem die Tür. Versprochen?« Sie nickte. »Kommen Sie etwas zur Ruhe«, riet er. »Versuchen Sie, etwas Schlaf zu finden.«

»Sie kommen wieder?«

»Ich komme wieder.«

Außerhalb der Kabine zögerte er, fragte sich, wo genau der Spieler zu finden sein würde. Es gab nur einen logischen Ort; der Mann konnte es sich nicht leisten, sich auszuruhen oder zu schlafen. Er hörte den Klang wütender Stimmen, als er sich der Lounge näherte.

»Du dreckiger Betrüger!« Der fette Händler hatte den Glücksspieler an der Kehle gepackt. »Ich hab dich eine Karte austauschen sehen. Ich hab Lust, dir die Augen herauszureißen!«

»Ich würde ja eher darauf setzen, ihm die Finger auszureißen«, schlug der andere Händler vor. »Das wird ihm definitiv eine Lektion sein.«

Die drei waren alleine in der Lounge; die anderen hatten sich zurückgezogen. Dumarest trat vor und schaute den Spieler an. Der fette Mann trug das Gewicht des Spielers, die Haut weiß um seine Knöchel.

»Lassen Sie es langsam angehen«, sagte Dumarest. »Ihr Arm«, erklärte er, als der fette Händler ihn anfunkelte. »Wie lange, glauben Sie, könnten Sie die Last unter normalen Umständen tragen?«

Der fette Mann ließ den Spieler los und stand dort, rieb seinen Arm. »Ich vergaß«, sagte er verlegen. »Ich muss ihn, objektiv betrachtet, fast einen halben Tag hochgehalten haben. Danke, dass Sie mich erinnert haben.«

»Vergessen Sie es. Hat er betrogen?«

»Wie ein Amateur«, sagte der andere Händler. »Er muss gedacht haben, wir wären blind.«

»Haben Sie Ihr Geld zurück? Alles klar«, sagte Dumarest, als er nickte, »ich denke, Sie sind mit ihm jetzt durch.« Er langte vor und ergriff den Spieler am Oberarm. »Lassen Sie uns einen Spaziergang machen«, schlug er vor. »Einen kurzen Bummel zu Ihrer Kabine.« Er schloss seine Finger, bis er Knochen spürte. »Bewegung!«

Es war eine beengte Unterbringung, schäbig, das untere Ende der Leiter. Das niedrigste Mitglied der Besatzung hatte eine bessere Unterkunft und sicherlich mehr Selbstachtung. Dumarest stieß den Spieler auf die Koje zu und lehnte sich zurück gegen die Tür. »Sie sind am Ende«, sagte er beiläufig. »Sie sind bankrott, haben Schulden und Angst vor dem, was passieren wird. Richtig?«

Der Mann nickte und massierte seine Kehle. »Das ist richtig«, sagte er schmerzerfüllt. »Sind Sie etwa gekommen, um sich daran zu weiden?«

»Nein. Wie lautet Ihr Name?«

»Eldon. Sar Eldon. Warum? Was wollen Sie?«

»Ich erledige einen Botengang.« Münzen regneten aus Dumarests Hand auf die Koje. Die Kosten einer hohen Passage zuzüglich fünf Prozent. »Von dem Mädchen, mit dem Sie gespielt haben und das Ihr Geld gewann. Sie schickt es zurück.«

Eldon starrte ungläubig auf die Münzen.

»Wie hat sie es gewonnen?«, fragte Dumarest. »Sagen Sie mir nicht, es wäre Glück gewesen«, fügte er hinzu. »Ich weiß es besser. Glück hatte damit nichts zu tun.«

»Ich weiß es nicht.« Die Hand des Spielers zitterte, als er das Geld einsammelte. »Ich hatte ein gezinktes Kartenspiel«, gab er zu. »Ich wusste genau, welche Karten ich nehmen musste, um mit einer siegreichen Hand auszukommen. Normalerweise kann ich ein Spiel leiten, aber nicht dieses Mal. Alles lief schief. Sie zog immer die falsche Anzahl Karten und ruinierte meinen Zug. Ich wurde auf ganzer Linie überlistet. Wer ist sie?«

»Es spielt keine Rolle.« Dumarest öffnete die Tür und schaute zurück. »Nehmen Sie meinen Rat an, Sar. Verlassen Sie dieses Schiff, solange Sie die Chance haben. Wenn Sie wissen wollen, weshalb, schauen Sie, wo die Sie unterbringen. Und glauben Sie nicht, dass die beiden Händler sich nicht beschweren werden.«

»Ich werde es verlassen«, sagte Eldon. »Und danke. Sehen wir uns auf Hive?«

»Vielleicht«, sagte Dumarest.

* * *

Zurück in der Lounge unterhielten sich die Händler. Dumarest füllte sich eine weitere Tasse Basic. Er mochte das Zeug nicht besonders, aber er war zu oft niedrig gereist, um seinen Wert nicht zu schätzen zu wissen. Und jeder Reisende, sofern er Verstand hatte, aß, wann er konnte. Nahrung war so wichtig wie ein gutes Paar Stiefel. Während er daran nippte, lauschte er; aus müßigem Gerede konnte man viel lernen. Er begnügte sich nicht mit Zuhören, trat der Unterhaltung bei und warf dann, als es angebracht war, eine eigene Frage ein.

»Erde?« Der fette Händler blinzelte überrascht. »Das ist ein wunderlicher Name. Da könnte man einen Planeten ja auch Dreck, Schmutz oder Grund nennen. Jeder Planet hat Erde. Sie pflanzen Dinge darin. Erde!«

»Es ist eine Legende«, sagte sein Begleiter.

»Sie haben von ihr gehört?« Eines Tages, dachte Dumarest, musste er Glück haben. Irgendwo würde irgendjemand in der Lage sein, ihm zu sagen, was er wissen wollte. Dieser Mann?

»Nein, aber ich habe von anderen gehört: Jackpot, El Dorado, Bonanza. Alles Legenden. Lande auf irgendeiner Welt und du bekommst einen Haufen davon. Sie werden das nicht glauben, aber ich habe sogar von einem Mann gehört, der behauptet, dass wir alle von einer Welt stammen. Wahnsinnig, selbstverständlich.«

»Das muss er sein«, sagte der fette Händler. »Wie könnte die gesamte Menschheit von einer Welt kommen? Die Vernunft sagt, dass das nicht möglich ist. Legenden«, sagte er, schüttelte seinen Kopf. »Wer will Legenden?« Er schaute zu Dumarest. »Lust, sich zu einem Spiel zu gesellen?«

»Nein, danke«, sagte Dumarest. »Ich bin ein wenig müde. Später vielleicht.«

Derai war wach, als er zu der Kabine zurückkehrte. Sie saß hoch auf das Kissen gestützt, das Silber ihrer Haare ein trüber Schimmer in der schattigen Beleuchtung. Sie bedeutete ihm heranzutreten. »Sie gaben ihm das Geld? Er war zufrieden?«

»Ja, Mylady.«

»Derai – ich will es Ihnen nicht noch einmal sagen müssen.« Sie war gebieterisch in unbewusster Arroganz. »Setzen Sie sich zu mir«, befahl sie. »Ich brauche Ihren Schutz.«

»Schutz?« Die Kabine war leer, still bis auf die leisen, fast unhörbaren Vibrationen des Erhaft-Antriebs. »Wovor?«

»Vielleicht vor mir selbst.« Sie schloss ihre Augen und er konnte ihre Erschöpfung spüren, die chronische Müdigkeit, die Teil ihres Leidens sein musste. Paranoia und Schlaflosigkeit gingen Hand in Hand. »Sprechen Sie mit mir«, verlangte sie. »Erzählen Sie mir von sich. Sind Sie viel gereist?«

»Das bin ich.«

»Aber noch nie zuvor nach Hive?«

»Nein.«

»Aber Sie wollen dorthin.« Sie öffnete ihre Augen und starrte in seine eigenen. »Wollen Sie dorthin?«

Dumarest nickte, sprach nicht, betrachtete ihr Gesicht im trüben Glanz des Lichtes. Erneut hatte sie sich verändert. Die Kindlichkeit war verschwunden, die Schüchternheit, die Aura der Angst. All das hatte er bereits gesehen. Aber nun besaßen ihre Augen Reife und eine seltsame Intensität.

»Ich habe hier gelegen«, sagte sie, »habe nachgedacht. Über mich selbst und Sie und das Wirken des Schicksals. Ich bin zu einer Schlussfolgerung gelangt.«

Dumarest wartete, gehalten von der beinahe hypnotischen Intensität ihrer Augen.

»Ich will dich«, sagte sie plötzlich. »Ich brauche dich. Wenn du nahe bist, fühle ich mich sicher und beschützt. Ich denke, wenn du bleiben würdest, könnte ich sogar schlafen. Es ist lange her, seit ich richtig geschlafen habe«, flüsterte sie. »Länger noch, dass ich in der Lage war, ohne Träume zu ruhen. Wirst du bleiben?«

»Wenn Sie es wünschen?« Dumarest konnte nicht erkennen, wie es schaden könnte. Er würde es lieber nicht, aber wenn es sie beruhigen würde, würde er bleiben.

»Ich brauche dich«, wiederholte sie. »Du darfst mich nie verlassen.«

Worte, dachte er. *Ein Kind, das Frau spielt und nicht weiß, was es sagt.* Dann erinnerte er sich an den Ausdruck, den er in ihren Augen gesehen hatte. Kein Kind konnte so schauen. Kein junges, unschuldiges Mädchen, wenn auch bereits heiratsfähig. Sie hatte den Ausdruck einer erfahrenen Frau getragen, die wusste, was sie wollte, und entschlossen war, es zu erlangen. Er spürte, wie ihre Hand in seine eigene glitt.

»Du bist besorgt«, murmelte sie. »Warum?« Und dann, bevor er antworten konnte: »Du irrst dich. Ich bin kein verdorbenes Miststück, das Vergnügen sucht. Keine hochgeborene Lady, die Aufmerksamkeit verlangt und nicht realisiert, dass sie ihr aus Furcht und nicht aus Zuneigung gegeben wird. Ich spiele nicht mit dir, Earl. Du musst keine Angst haben. Ein Platz wird für dich gefunden werden. Mein Haus ist tolerant. Ich bin keinem Verehrer versprochen. Nichts steht unserer Verbindung im Weg.« Ihre Hand schloss sich um seine eigene. »Wir werden sehr glücklich sein.«

Das war, dachte er, *einer der seltsamsten Anträge, die es jemals gegeben haben mag.* Seltsam und lächerlich.

Mitleiderregend und potenziell gefährlich. *Sie ist verrückt*, erinnerte er sich selbst. Lebte in einer Welt des Albtraums und weigerte sich, die Wirklichkeit zu akzeptieren. Oder war, wenn sie sich nicht weigerte, nicht völlig dazu in der Lage. Kein Haus konnte so tolerant sein, wie sie behauptete. Die Antwort auf das, was sie vorschlug, wäre es, nach einem Attentäter zu schicken.

»Nein«, flüsterte sie. »Du irrst dich. Ich würde das niemals zulassen.«

Wie sollte sie es aufhalten?

»Ich würde es aufhalten«, sagte sie. »Du musst mir vertrauen, Earl. Du musst mir immer vertrauen.«

Sie war, erkannte er, beinahe eingeschlafen, sich kaum bewusst, was sie sagte. Sanft versuchte er, seine Hand wegzunehmen, aber ihr Griff war zu fest.

»Du bist ein seltsamer Mann«, murmelte sie. »Ich habe noch nie jemanden wie dich getroffen. Mit dir könnte ich eine wirkliche Frau sein – du hast genug Stärke für uns beide. So stark«, flüsterte sie. »So gleichgültig gegenüber Gefahr. Es muss wundervoll sein, nicht in Furcht zu leben.«

Vorsichtig verlagerte er sich in eine bequemere Position. Bald würde sie schlafen. Dann wäre er vielleicht in der Lage zu gehen.

»Nein! Du darfst nicht gehen! Du darfst mich nie verlassen!« Ihre

Hand schloss sich mit krampfhafter Gewalt. »Ich habe dir viel zu geben«, sagte sie, nun ruhiger. »Ich kann dir auf so viele Weisen helfen. Ich kann dir von der Erde erzählen.«

»Erde?« Er beugte sich vor, starrte auf die geschlossenen Lider ihrer Augen, wollte unbedingt, dass sie antwortete. »Was weißt du von der Erde?«

»Es ist ein trostloser Ort«, sagte sie. »Gezeichnet von Kriegen aus uralter Zeit. Und dennoch beherbergt sie eine seltsame Form von Leben.«

»Ja?« Er war ungeduldig in seinem Eifer. »Was noch?«

»Du willst sie finden«, sagte sie. »Das willst du sehr. Für dich ist es die Heimat.« Ihre Stimme sank zu einem verklingenden Flüstern herab. Dann, sehr sanft, just bevor sie dem Schlaf nachgab: »Ich liebe dich, Earl. Und du irrst dich in mir. Irrst dich so sehr. Ich bin nicht verrückt.«

Nein, dachte er düster, *du bist nicht verrückt. Zumindest nicht auf die Weise, die ich gedacht hatte, aber du glaubst, du würdest mich lieben, und hast dich selbst verraten.*

Sie hatte es natürlich früher getan, doch da war er nur verhalten misstrauisch gewesen. Nun wusste er es ohne jeden Zweifel. Kein Wunder, dass Shamaski erpicht darauf gewesen war, sie loszuwerden. Kein Wunder, dass sie so leicht beim Kartenspiel gewonnen hatte. Und die Erde? Er schluckte seine Verbitterung herunter. Er wusste nun, wie sie davon gewusst hatte. Sie hatte es gewusst und versucht, ihn mit dem Wissen zu fangen, es als verlockenden Köder anzubieten.

Er blickte auf ihre Hand, so klein und zierlich in seiner eigenen. Er blickte auf ihre langen, gertenschlanken Formen, die unglaubliche Weichheit ihres Haares, ihre himmlische Anmut. Er spürte erneut die plötzliche Welle behütender Zärtlichkeit.

Ein Verteidigungsmechanismus, sagte er sich. *Eine Erheiterung der Drüsen. Eine biologische Reaktion, ausgelöst durch kortikale Stimulation. Oder*, fragte er sich, *war es einfach Mitleid?* Es war leicht, jemanden zu bemitleiden, der so zerbrechlich und lieblich war. Noch leichter, wenn man wusste, was sie war. Aber Mitleid war gefährlich nahe an Liebe. Zu nahe.

Er blickte fort, starrte die Kabinentür an, die harte, emotionslose Wand, die bloße Symmetrie der spartanischen Einrichtung. Überall hin außer zu der wunderschönen Frau an seiner Seite. Die Lady Derai des Hauses Caldor. Sein Schützling ...

Derai ... die eine geborene Telepathin war.

3

Die Bibliothek war ein großer Ort, lang, breit, hoch genug für eine Galerie mit gewaltigen Kaminen an jedem Ende. Einst war es der Palas der Festung gewesen, doch mit dem Haus Caldor war auch das Gebäude gewachsen; nun waren die Kamine versperrt, die Fenster angefüllt, die Wände gesäumt von Büchern und Aufzeichnungen anstelle von Bannern, Trophäen und Waffen.

Lediglich die Wappen auf den Kaminsimsen blieben unverändert: das Hoheitszeichen Caldors, tief in den unvergänglichen Stein geschnitzt, eine zugreifende Hand.

Sie würde zugreifen, dachte Blaine mit zynischem Vergnügen. Die Caldors waren bekannt für ihre Gier, aber das, gab er zu, waren auch die Fentons, die Tomblains, die Egreths und der Rest der elf Häuser, die nun über Hive herrschten.

Einst waren es dreiundzwanzig gewesen, doch das zu der Zeit, bevor der Pakt den Status quo eingefroren hatte. Nun waren es elf. Bald würden es, unvermeidlich, weniger sein. Er fragte sich, ob Caldor unter jenen sein würde, die überlebten.

Er wandte sich um und blickte die Bibliothek hinab. Sie wurde trüb von modifizierten Leuchtern erhellt, aber an einem Tisch in der Mitte des Raumes saß ein Mann in grellem Licht. Es kam von dem Betrachter, an dem er arbeitete, tauchte sein Gesicht in ein scharfes Relief. Sergal, der Bibliothekar, war so alt und staubig wie seine geschätzten Bücher. Blaine bewegte sich auf ihn zu, leichtfüßig auf dem steingetäfelten Boden, trat von hinten heran, sodass er über die Schulter des alten Mannes auf den Betrachter schauen konnte. Was er sah, ließ ihn die Stirn runzeln. »Was tun Sie da?«

»Mylord!«, begann Sergal, der beinahe vom Stuhl fiel. »Mylord, ich habe Euch nicht gehört. Ich ...«

»Entspannen Sie sich.« Blaine verspürte kurzzeitig Schuldgefühle, dass er den alten Mann erschreckt hatte. Und Sergal war alt, älter als sein Vater und fast so alt wie Großvater, der so alt war, dass er mehr tot war als lebendig. Er lehnte sich vor, studierte den Betrachter. Er zeigte einen Ausschnitt des Familienstammbaums, nicht nur die Aufzeichnung von Geburten, Toden und Verbindungen, sondern in größerem Detail; die genetischen Muster, dargestellt in einem Farbcode aus Punkten und Linien, die Geschichte von Genen und Chromosomen. »Für Onkel Emil?«

»Nicht direkt, Mylord.« Sergal war unruhig. »Er hat eine umfassende Vollmacht erteilt«, beeilte er sich zu ergänzen, »aber ich kopiere diese Daten für den Cyber.«

»Regor?« Blaine zuckte mit den Schultern. Der Cyber war mehr Roboter als Mensch und hatte vermutlich irgendeine intellektuelle Neugier bezüglich der uralten Aufzeichnungen. Müßig bediente er den Betrachter, spätere Daten leuchteten auf dem Bildschirm, und hielt an, als er fand, was er wollte. Der Eintrag seiner eigenen Geburt, geschädigt, wie er gewusst hatte, durch das finstere schwarze Mal der unehelichen Abkunft. Ungeduldig setzte er das Instrument auf seine ursprüngliche Einstellung zurück. »Ich dachte, Emil würde Sie fest bei der Arbeit halten«, sagte er, »um die alten Aufzeichnungen zu überprüfen, die von Nutzen sein könnten. Das Zeug vor dem Pakt«, erklärte er. »Etwas, von dem er behaupten könnte, es trage ein früheres Recht.«

»Der Pakt annulliert alle früheren Bindungen, Mylord«, sagte Sergal steif. »Artikel zwölf ist in dieser Angelegenheit sehr spezifisch.«

»Ich weiß«, sagte Blaine. »Aber man könnte ihm nicht vorwerfen, es zu versuchen. Hat er es versucht?«

»Ja, Mylord.«

Natürlich hat er, dachte Blaine. Emil würde nichts ungetan lassen, wenn er glaubte, dass es ihm einen Vorteil bringen könnte. Aber die alten Aufzeichnungen zu überprüfen, war ein Akt der Verzweiflung – der Pakt konnte nicht so leicht gebrochen werden. *Oder*, fragte er sich, *könnte es sein, dass Emil nur ein Ablenkungsmanöver unternimmt? Wild nach etwas suchen, von dem er weiß, dass er es nicht finden kann, um etwas anderes zu verbergen?*

Gedankenvoll bewegte sich Blaine zur Seite des Raumes. Hier waren die alten, staubigen, zerfallenden Bände eines längst vergangenen Zeitalters aufgestapelt. Er schlug wahllos einen auf und las eine Liste von Namen. Er überschlug ein paar Seiten und versuchte es erneut.

Der Sorgasson-Zwischenfall, las er. *Am Fuße des Weinenden Berges trafen die Häuser Caldor und Sorgasson im Kampfe aufeinander, um die Ernterechte der Region zu entscheiden, die vom Fuße des Berges bis zum Meer verlief; vom Fluss Cal bis zur Sorg-Spalte. Das Haus Caldor war siegreich. Die Nachgenannten starben ruhmreich für die Ehre von Caldor.*

Und ihre Belohnung, dachte Blaine, *ist es, auf den verrottenden Seiten eines Buches festgehalten zu sein, das zu lesen sich niemand die Mühe macht. So viel zu Ehre.* Er schloss das Buch und stellte es zurück ins Regal, wunderte sich ein wenig über die alte Zeit, als Männer in den Krieg zogen und Rüstung anlegten, vielleicht Waffen aus geschärftem Stahl führten und Banner trugen.

Die Details fanden sich natürlich in den Büchern, ebenso wie die Waffen, die in der oberen Galerie eingelagert waren, zwar nicht länger ausgestellt, aber weiterhin verfügbar, falls man sie benötigen würde. Caldor war bekannt für seine Sparsamkeit.

Das Klicken des Betrachters erinnerte ihn an Sergal. Der Bibliothekar fügte dem wachsenden Haufen an seiner Seite eine weitere Fotokopie hinzu. Seine Hände zitterten, während er arbeitete, etwas, das Blaine nie zuvor bemerkt hatte. Während er zusah, verpatzte der Bibliothekar eine Einstellung und blickte verständnislos auf eine verdorbene Kopie.

»Lassen Sie mich Ihnen helfen.« Blaine half dem alten Mann von dem Stuhl und nahm seinen Platz ein. Die Daten auf dem Betrachter waren beinahe aktuell; seine eigene Geburt stach mit ihrem schwarzen Mal hervor. Er blickte auf eine andere: Derai, seine Halbschwester, sieben Jahre jünger als er selbst. Sie hatte kein schwarzes Mal, aber einen roten Klecks, fast genauso schlimm. Ihr Vater hatte ihre Mutter gegen den Willen des Hauses geheiratet.

Er hatte damals Mumm, dachte Blaine. *Er trotzte dem Alten Herrn und zog es dennoch durch, und so ist Derai legitimiert und ich nicht. Es macht einen Unterschied,* sinnierte er. *Ich gehöre zwar zum Haus, bin jedoch kein Teil davon, ihre Stellung hingegen ist etabliert. Das ist Glück.*

Er war nicht missgünstig oder neidisch. Sie kamen gut miteinander aus und hatten eine Sache gemeinsam: denselben Vater. Zwei Dinge eigentlich, denn beider Mütter lebten nicht mehr. Seine eigene war ein namenloser Niemand, der nicht weise, aber zu gut geliebt hatte. Jene von Derai war beinahe genauso unbekannt. Sie hatten ihren Namen, ihr genetisches Muster, aber das war alles. Sie kam von keinem bekannten Haus.

Er nahm die Kopie, seine ungeübten Finger verdarben die Einstellung, sodass feine Details unscharf wurden. Gelassen versuchte er es erneut und hielt inne, legte die Stirn über einem Datenschnipsel in Falten. *Ustar*, dachte er. *Verlass dich drauf, dass er Dinge in Unordnung bringt.* Sein Cousin, jünger als er, aber älter als Derai, das einzige Kind seines Onkels Emil. Emil war der zweitgeborene Sohn des Alten Herrn.

Vorsichtig nahm Blaine die Kopie, dieses Mal perfekt. *Schicksal*, dachte er. *Hätte Mutter Vater geheiratet, wäre ich in der direkten Erbfolge. Darum war Emil so unerbittlich, dass ich nicht offiziell anerkannt werden solle. Dann gelang es ihm, Ustar zu zeugen. Dann heiratete Vater und zeugte Derai. Schicksal*, wiederholte er sich selbst gegenüber. *Das ist alles.*

Er beendete die Reihe von Kopien. Sergal murmelte seinen Dank. »Euer Onkel wartet auf sie«, sagte er. »Ich nehme an, er wird sie dem Cyber geben. Ich bringe sie besser direkt hinauf.«

»Ich würde es lassen«, sagte Blaine. »Ein Händler ist bei ihm.«

Sergal schaute verblüfft drein.

»Ich nehme sie«, entschied Blaine. »Ich übergebe sie, wenn es gelegen kommt. Überlassen Sie es mir.«

»Wie Ihr wünscht, Mylord.«

Blaine nickte, grapschte geistesabwesend die Papiere. Die Aufzeichnungen zu sehen, hatte ihn an etwas erinnert, was er beinahe vergessen hatte, und er spürte seine Haut zwischen den Schulterblättern kribbeln. Als er jung war, hatte er seinen Vater oft dafür verflucht, seine Mutter nicht geheiratet zu haben. Nun war er recht froh, dass dieser es nicht getan hatte. Wäre Blaine anerkannt gewesen, stünden die Chancen gut, dass er mittlerweile tot wäre.

* * *

Scuto Dakarti war ein aalglatter Mann, wohlgenährt, wortgewandt, exzellent gekleidet. Er hatte eine Vorliebe für Juwelen und teures Parfüm, trug beides mit Zurückhaltung. Er war außerdem ein sehr vorsichtiger Mann. »Ich hatte gehofft, das Oberhaupt des Hauses zu sprechen, Mylord«, sagte er achtungsvoll. »Mit Respekt – seid Ihr das?«

»Ich bin das amtierende Oberhaupt«, sagte Emil Caldor. »Mein Vater ist sehr alt. Er darf nicht mit Gegenständen von geringer Bedeutung belästigt werden.«

»Ihr seid demnach Johan Caldor?«

»Das ist mein Bruder. Ich bin Emil.«

»Aber nicht der älteste, Mylord?« Der Händler hatte seine Hausaufgaben gemacht. »Ihr werdet meine Vorsicht verzeihen, aber die Natur meines Anliegens ist so delikat, dass ich sie äußerst ungern der falschen Person offenbaren möchte. Eine Frage des Vertrauens, wenn Ihr versteht.«

Emil schaute sich den Händler näher an. Dort war Stahl unter dem Fett, ein gerissener Verstand hinter einem höflichen Lächeln. Der Mann wirkte wie ein Verschwörer. »Wer hat Sie geschickt?«, fragte er plötzlich.

»Ein Freund, Mylord, ein gemeinsamer Bekannter. Muss ich mehr sagen?«

Bisher hatte er nichts gesagt. Emil lehnte sich in seinem Stuhl zurück und bediente sich langsam am Wein. Als der Kelch gefüllt war, stellte er die Karaffe zurück; dann, als sei es ein nachträglicher Einfall, gestikulierte er den Besucher zum Servierbrett. »Wenn Sie durstig sein sollten, bedienen Sie sich.«

»Ich danke Euch, Mylord.« Der Händler verbarg seine Gefühle gut. »Ein hervorragender Jahrgang«, murmelte er, nachdem er eingegossen und gekostet hatte. »Die Weine von Caldor sind auf vielen Planeten berühmt.«

»Sind Sie gekommen, um Wein zu handeln?«

»Nein, Mylord.«

Ein Muskel zuckte auf Emils Wange. Den Kelch absetzend, erhob er sich und durchmaß die engen Grenzen des Raumes. Der Händler war einen Turm hoch in ein Vestibül geleitet worden. Die Einrichtung war spärlich, die Wände dick, die Möglichkeit zu lauschen gering. Durch ein schmales Fenster blickte er hinab dorthin, wo der Flitter des Händlers im Innenhof stand.

Er wandte sich um und starrte auf den Mann hinunter. »Nun gut«, sagte er kühl. »Da Sie mich zwingen zu fragen: Warum sind Sie hier?«

Mit Vorbedacht trank der Mann seinen Wein aus. Er glaubte, die Situation vollständig zu kontrollieren. Er lehnte sich zurück und schaute seinen Gastgeber an. *Hochgewachsen*, dachte er, *dünn, sich selbst mit nervöser Energie ausbrennend. Auch alt, das wahre Alter ist allerdings unmöglich zu schätzen bei den Herrschern von Hive. Sie sehen alle so viel jünger aus. Aber er ist interessiert. Er hat mich nicht hinausgeworfen. Es scheint, als wäre meine Vermutung richtig.*

»Mylord«, sagte er vorsichtig, »habe ich, bevor ich spreche, Euer Wort, dass mir gestattet sein wird, unversehrt abzureisen?«

»Sie beginnen, mich zu faszinieren«, sagte Emil. Er nahm seinen Sitz wieder ein. »Ja, Sie haben mein Wort.«

Der Händler nickte, als wäre er erleichtert. »Ich danke Euch, Mylord.« Er hielt inne, dachte nach, fuhr dann fort. »Hive ist eine kleine Welt. Sie verkauft Honig, Wachs, Parfüm und einhundert Sorten Likör, Wein und Brantwein, die allesamt auf Honig basieren. Aber viele Planeten stellen gleichartige Güter her. Der Reichtum Hives beruht nicht auf diesen Dingen.

Der wahre Reichtum Hives beruht auf etwas anderem«, sagte der Händler schnell. »Dem Gelée, Mylord. Dem Gelée royale.«

»Sie sprechen von Ambrosaira«, sagte Emil. »Dies ist kein Geheimnis.«

»Aber es ist eine Sache, die nicht beworben wird«, sagte der Händler. »Mylord, ich werde es Euch geradeheraus sagen: Ich bin interessiert, Ambrosaira zu erwerben.«

Emil lehnte sich zurück, ein wenig enttäuscht, ein wenig verärgert. »Warum kommen Sie damit zu mir? Sie kennen sicher den Ablauf. Alle zu verkaufende Ambrosaira wird auf einer Auktion angeboten. Es steht Ihnen frei zu bieten.«

»Zugegeben, Mylord. Aber die Posten beinhalten wenig von dem, was ich will, und viel von dem, was nicht. Ich würde gerne direkt kaufen.«

»Unmöglich!«

»Ist es das, Mylord?«

Emil starrte den Mann an; war da eine Andeutung in seiner Stimme gewesen? Er musste doch sicher von dem Pakt wissen oder zumindest von dem Teil, der den Handel betraf.

»Ich weiß, Mylord«, sagte Scuto, als ihm die Frage gestellt wurde. »Was für ein Händler wäre ich, wenn ich das nicht täte? Alle Erzeugnisse werden zusammengelegt. Alle werden zu Posten gemacht und jeder Posten enthält ein wenig oder mehr Ambrosaira. Die Posten werden auf einer Auktion versteigert. Alles erhaltene Geld wird zu gleichen Teilen zwischen den herrschenden Häusern aufgeteilt.« Der Händler blickte hinauf zur Decke. Sie bestand aus gewölbtem Stein. »Ein gutes System, Mylord, so scheint es wenigstens. Ich bezweifle, dass Ihr zustimmen würdet.«

»Warum ich?«

»Ihr seid ein ambitionierter Mann, Mylord.« Nun blickte der Händler direkt in Emils Augen. »Ein solches System lässt keinen Raum für Ambitionen. Alle erhalten den gleichen Anteil – warum also sollte einer härter arbeiten als der Rest? Ich stellte mir diese Frage, Mylord, und überlegte eine Antwort. Nehmen wir an, ein ambitionierter Mann arbeitete ein bisschen mehr als üblich. Er würde mehr Ambrosaira sammeln. Er würde sie nicht dem allgemeinen Lager hinzufügen, sondern sie an einem sicheren Ort bewahren. Eines Tages, würde er denken, würde es möglich sein, sie direkt zu verkaufen und entsprechend den ganzen Profit zu erlangen. Gäbe es solch einen Mann, Mylord«, sagte der Händler vorsichtig, »würde er einen Mann wie mich benötigen.«

»Um den Handel abzuwickeln?«

»Ja, Mylord. Mit Ehrlichkeit und Diskretion. Um das Vermögen eventuell auf einer anderen Welt zu platzieren. Es kann leicht arrangiert werden.« Scuto verstummte, wartete ab.

Emil schürzte die Lippen. »Sie können gehen«, sagte er kühl.

»Mylord?«

»Sie können gehen. Ich gab Ihnen mein Wort, dass Ihnen kein Leid zugefügt würde«, fügte er hinzu. »Ein Caldor hält sein Wort. Gehen Sie jetzt, solange Sie können.«

Von dem Turmzimmer aus sah Emil zu, wie der Händler sich zu seinem Flitter begab. Der hob sich, undeutlich unter den Rotoren, etwas schwankend, als er auf die starke Thermik traf, die von den umgebenden Gebäuden aufstieg, beruhigte sich schließlich, als er auf die Stadt zusurrte. Er sah zu, als er in der Ferne verschwand.

Wer hat dich geschickt?, fragte er sich. *Die Fentons? Die Tomblains? Einer der anderen? Ein Test, vielleicht. Der Versuch, irgendeine Grundlage für eine Anschuldigung zu finden, dass ich darüber nachdenke, den Pakt zu brechen.* Er ballte seine Hände zu Fäusten, als er darüber nachdachte. Hive war voller Intrigen, da jedes Haus danach strebte, die anderen auszustechen, und jedes durch die gemeinsame Übereinkunft behindert wurde, die sie machtlos hielt.

Oder war der Mann ehrlich gewesen? Ein aufrichtiger Händler, der eine durchtriebene Vermutung über die Versuchungen des Wirtschaftssystems angestellt hatte, das auf Hive am Werk war? Es wäre nicht schwer für jemanden mit Vorstellungskraft und einem Wissen um die Natur des Menschen. Solch ein Mann hätte die Situation beurteilen, die Chance, einen schnellen Gewinn zu machen, sehen und das kalkulierte Risiko eingehen können, damit offen ans Tageslicht zu kommen. Und es war nicht wirklich ein großes Risiko gewesen. Er hatte sich nichts weiter zuschulden kommen lassen, als seine Dienste anzubieten.

Aber – war der Mann aufrichtig gewesen?

Derai hätte es gewusst. Ihre Fähigkeit hätte die Wurzel der Motivation des Händlers ausgemacht. *Sie sollte hier sein*, dachte Emil. *Ich brauche sie jetzt mehr denn je. Je früher sie zurückkehrt, desto besser*, dachte er bei sich, *und wenn sie einmal sicher in der Festung ist, wird ihr niemals wieder gestattet sein zu gehen.*

Ihre Heirat mit Ustar würde dafür Sorge tragen.

* * *

Blaine traf den Cyber, als er die Stufen zu dem Raum emporstieg, in dem sein Großvater praktisch all seine Zeit verbrachte. Sie blickten einander an, der Hochgewachsene mit dem Falkengesicht und die junge Person in ihrer glanzlosen grünen Tunika mit den silbernen Absätzen. Der eine trug das Wappen der Caldors, der andere das Symbol des Cyclan. Der eine war in der Festung seines Hauses, der andere im Grunde nicht mehr als ein bezahlter Berater. Aber keiner hatte einen Zweifel darüber, wer der Höhergestellte war.

»Mylord.« Automatisch trat der Cyber zurück, gab das Recht des Weges ab, legte ein Lippenbekenntnis an Protokoll und Konventionen ab.

»Einen Augenblick.« Blaine hielt die Papiere, die er von der Bibliothek hergetragen hatte, vor sich. »Sergal bat mich, Ihnen diese hier zu geben.«

»Ich danke Euch, Mylord«, sagte Regor in seiner sanften Modulation, mit der trainierten Stimme, die keine aufreizenden Faktoren beinhaltete. »Ihr hättet Euch nicht bemühen sollen. Die Angelegenheit ist ohne Eile.«

»Ein Problem?« Blaine war neugierig. »Etwas, das Sie für Emil erledigen?«

»Nein, Mylord. Euer Onkel war so gütig, mir zu erlauben, die Daten zu untersuchen. Es ist wichtig, den Geist beschäftigt zu halten.«

»Ja«, sagte Blaine. »Ich nehme es an.« Er war enttäuscht; hier gab es keine verborgenen Motive, nur das Verlangen des Cybers, geistige Übung zu erlangen. Er blickte an dem Mann vorbei zur Tür des Raumes seines Großvaters. »Wie geht es ihm heute?«

»Der Lord Caldor ist sehr krank, Mylord. Seine Krankheit ist eine, die keiner Operation klein beigibt. Es ist das Alter.«

»Ich weiß das.« Blaine verstummte, dachte nach. »Sagen Sie mir«, verlangte er. »Sie müssen es wissen. Wie hoch ist die Wahrscheinlichkeit, dass eines oder mehrere der herrschenden Häuser von Hive ihre Position verlieren? Innerhalb eines Jahres«, fügte er hinzu.

»Die Wahrscheinlichkeit ist sehr gering, Mylord.«

»Warum ist mein Onkel dann so besorgt?«

»Das, Mylord, ist eine Frage, die nur er beantworten kann.«

Es war ein Tadel, umso schmerzvoller, weil er verdient war. »Ich danke Ihnen«, sagte Blaine steif. »Sie können gehen.«

Regor verbeugte sich, eine leichte Neigung des Kopfes, und ging dann seiner Wege. Ein Mitglied seines Gefolges bewachte seine private Unterkunft, ein junger Mann, streng geformt, dem Cyclan gewidmet und Regor als seinen Meister in allen Dingen akzeptierend. Es gab ein anderes, das gerade speiste oder schlief. Ein drittes verweilte in der Stadt. Drei Akolythen, eine kleine Gesandtschaft, aber ausreichend für ihren Zweck. Der Cyclan verschwendete keine Arbeitskraft.

»Maximale Versiegelung«, ordnete Regor an. Selbst Befehle ließen die sanften Töne seiner Stimme nicht erhärten, aber es gab keinen Grund für klangliche Hervorhebung. »Keine Störung irgendwelcher Art, egal aus welchem Grund.«

Im Inneren warf er die Papiere auf einen Tisch und betrat seinen privaten Raum. Er legte sich auf der schmalen Couch auf den Rücken und aktivierte das Armband um sein linkes Handgelenk. Unsichtbare Energie floss aus dem Apparat und erschuf ein Feld, das von keinem spähenden Auge oder Ohr durchdrungen werden konnte. Es war eine Vorsichtsmaßnahme, nichts weiter, aber kein Cyber ging nur das geringste Risiko ein, selbst bei Gestaltskommunikation.

Er entspannte sich, schloss seine Augen und konzentrierte sich auf die Samatchazi-Formeln. Nach und nach verlor er die Sinne: Geschmack, Geruch, Tastgefühl, Gehör. Hätte er seine Augen geöffnet, wäre er sogar blind gewesen. Eingesperrt in seinem Schädel hörte sein Gehirn auf, von äußeren Stimuli gereizt zu werden. Es wurde zu einem Ding reinen Intellekts, sein logisches Bewusstsein sein einziger Kontakt mit dem Leben. Nur dann wurden die eingepflanzten Homochon-Elemente aktiv. Der Rapport folgte schnell.

Regor wurde wahrhaftig lebendig.

Es war sinnlichen Freuden so nahe, wie ein Cyber ihnen kommen konnte, und selbst dann war es vollkommen auf den Geist bezogen.

Tore öffneten sich im Universum und entließen eine gewaltige Flut des Scharfsinns, der das strahlende Licht der ewigen Wahrheit war. Er wurde zu einem lebenden Teil eines Organismus, der sich durch die Galaxis in einer Unendlichkeit kristalliner Funken erstreckte, jeder der glühende Nexus bloßer Intelligenz. Ein Strang nebligen Lichtes verband das Ganze, sodass es wie ein veränderliches Kaleidoskop aus Glanz und Form erschien. Er sah es und war zugleich ein Teil davon, teilte und besaß doch die unglaubliche Geistesgestalt.

Und irgendwo dem Zentrum des Strangs entgegen lag das Hauptquartier des Cyclan. Tief unter Meilen aus Fels vergraben, verriegelt und gepanzert im Herzen eines einsamen Planeten, absorbierte die Zentralintelligenz sein Wissen, wie der Raum Energie trank. Es gab keine sprachliche Verständigung; nur geistige Kommunikation in der Form von Worten, schnell, praktisch augenblicklich, organische Übertragung, gegenüber der die Überlichtgeschwindigkeit von Supraradio wie das reinste Kriechen anmutete.

»*Bericht empfangen und bestätigt. Das Caldormädchen ist mit einem kommerziellen Schiff auf dem Weg zu Ihnen. Wissen Sie davon?*«

Eine unendlich kurze Pause.

»*Der Verwalter Shamaski hat das Haus in Kenntnis gesetzt. Der Mann Dumarest ist von gewissem Interesse. Es gibt keine Daten über ihn in meinen Dateien. Fahren Sie mit ursprünglichem Plan fort.*«

Ein Kommentar.

»*Jene, die verantwortlich dafür waren, das Caldormädchen entkommen zu lassen, wurden bestraft.*«

Das war alles.

Der Rest war purer Rausch.

Da war immer dieser Zeitraum nach dem Rapport, in dem die Homochon-Elemente in ihre Stille zurücksanken und die Maschinerie des Körpers begann, sich neu mit der geistigen Steuerung auszurichten. Regor schwebte in einer gewichtslosen Leere, während er neue und unbekannte Umgebungen wahrnahm, fremde Erinnerungen und noch fremdere Situationen teilte: Abfälle eines Überschusses anderer Intelligenzen, der Ausschuss anderer Geister. Die

Macht der Zentralintelligenz, der gewaltige kybernetische Komplex, der Verstand und Herz des Cyclan war.
  Und von dem er, eines Tages, ein Teil sein würde.

4

Der Fall hatte sich zu lange hingezogen. Ustar Caldor spürte, im hohen Stuhl der Gerechtigkeit sitzend, wie seine Augenlider schwer wurden von beidem, der Hitze und der Langeweile. Auch Erschöpfung, gab er zu; er hatte in der vorigen Nacht nicht geschlafen und nur wenig in der Nacht davor. Es kam nicht oft vor, dass er sich in die Stadt begab, und er hatte keine Absicht, seine Chance zu vergeuden. Er sollte nun schlafen in Bereitschaft für die Genüsse der bevorstehenden Nacht.

Er bewegte sich, bereute beinahe den Impuls, der ihn dazu bewogen hatte, auf sein Recht zu bestehen, den ansässigen Richter von seinem Stuhl zu verdrängen. Und dennoch, wenn solche Rechte nicht ausgeübt wurden, gerieten sie schnell in Vergessenheit. Vergesslichkeit dieser Art sollte nicht ermutigt werden.

»Mylord.« Der Anwalt des Häftlings schwitzte unter seiner Robe. Sein Klient war natürlich schuldig, doch normalerweise würde ihn nur ein geringes Ordnungsgeld oder eine kurze Zeit Zwangsarbeit erwarten. Nun? Wer konnte sagen, was dieser kaltäugige junge Mann entscheiden würde? »Mylord«, sagte er erneut, »ich gebe zu bedenken, dass die Staatsanwaltschaft keine Beweise vorgelegt hat, dass mein Klient schuldig im Sinne der Anklage ist. Mir ist bewusst, dass die Beweislast unsere ist, zu zeigen, dass wir schuldlos sind, und das haben wir versäumt zu tun. Unter solchen Umständen, Mylord, haben wir keine Alternative, als uns Eurer Gnade zu unterwerfen.«

Ustar saß dort und grübelte. *Sie hätten dies von Anfang an machen können*, dachte er, *und hätten uns allen damit eine ganze Menge Zeit und Unbehagen erspart.* Er schaute den Häftling an, einen kleinen Händler, der bei seinen Einnahmen betrogen und so das Haus benötigter Erträge beraubt hatte. Nun, wie sollte er den

Mann bestrafen? Wie sollte er beides demonstrieren, die Stärke und die Gerechtigkeit der Caldors?

»Das Bußgeld wird auf das Sechzigfache der gestohlenen Summe festgesetzt«, verkündete er. »Der Urteilsspruch beträgt drei Jahre Zwangsarbeit.«

Der Häftling erbleichte.

»Mylord!« Der Anwalt bewies Mut. »Das Strafmaß ist extrem, Mylord«, sagte er. »Ich bitte Euch, Eure Entscheidung zu überdenken.«

»Sie billigen seinen Diebstahl?« Ustar war auf trügerische Weise mild. »Sie, ein Mitglied des Hauses Caldor, glauben, dass dieser Mann keine Strafe verdient?«

»Nein, Mylord, aber ...«

»Er stahl von dem Haus«, sagte Ustar unterbrechend. »Er stahl von mir, von Ihnen, von uns allen. Die Summe ist dabei irrelevant. Das Urteil steht.«

»Mylord.« Der Anwalt verbeugte sich, akzeptierte die Niederlage. Es würde ein Unglückstag werden für jene, die heute vor Gericht kamen.

Der Morgen zog sich hin. Kurz nach der Mittagsstunde beendete Ustar die Verhandlung, um ein Bad zu nehmen und etwas dringend benötigte Nahrung zu sich zu nehmen. Er war gerade beim Hauptgang, als ein Schatten auf seinen Teller fiel. Er blickte auf und sah den ansässigen Richter. »Darf ich mit Euch sprechen, Mylord?«

»Setzten Sie sich.« Ustar deutete auf einen leeren Stuhl. »Lassen Sie uns eine Sache klarstellen. Ich habe nicht vor, über die Entscheidungen, die ich getroffen habe, zu diskutieren. Verstanden?«

»Ich wollte mit Euch nicht darüber sprechen.« Der Richter war alt und hatte Geduld gelernt. »Euer Großvater«, sagte er. »Wir sehen ihn selten in der Stadt. Geht es ihm gut?«

»So gut, wie man es erwarten kann.«

»Und Eurem Vater?«

»Ebenso.« Ustar schob seinen leeren Teller fort. Er war vom Unbehagen des anderen amüsiert, aber unternahm nichts, es ihm zu nehmen. Es war gut, dass Männer wie der Richter daran erinnert wurden, wer ihre Herren waren. »Ich habe nachgedacht«, sagte er übergangslos. »Die Höhe der Bußgelder, wie sie vom Gericht verhängt werden, scheint viel zu niedrig. Als eine Einkommensquelle wurden sie traurigerweise vernachlässigt.«

»Bußgelder sind nicht als Einkommensquelle gedacht, Mylord. Sie sind ein Mittel, um Bagatelltäter zu bestrafen.«

»Trotzdem sind sie immer noch zu niedrig. Ich schlage vor, dass Sie sie augenblicklich verdreifachen.« Ustar goss sich selbst Wein ein. »Die Urteilssprüche genauso. Sie sollten ebenfalls erhöht werden.«

»Die Urteilssprüche variieren, Mylord«, sagte der Richter geduldig. »So wie Verbrechen variieren. Gerechtigkeit muss stets mit Verständnis und Gnade gemildert werden. Das Alter wird Euch das lehren«, fügte er hinzu. »Und Erfahrung.«

Ustar nippte an seinem Wein. Der alte Mann hatte Mut, gab er zu, vielleicht ein bisschen zu viel Mut. »Ich bin jung«, sagte er. »Das ist wahr, aber ich bin darum nicht zwingend ein Narr. Caldor braucht Geld und Ihr Gericht ist ein Mittel, es zu erlangen. Wir könnten es arrangieren, die Strafdauer herabzusetzen«, schlug er vor. »Verpassen Sie den reichen Männern einen schweren Schlag und lassen Sie sie sich danach freikaufen. So viel für einen Tag, eine Woche, ein Jahr. Es bietet Möglichkeiten.«

Er war, dachte der Richter, wie ein Kind mit einem neuen Spielzeug. Ein bösartiges Kind mit einem ziemlich delikaten Spielzeug. Bösartig oder bloß leichtsinnig, das Ergebnis wäre das gleiche. Gerechtigkeit würde für Caldor zu einem Schimpfwort werden. Bewusst wechselte er das Thema. »Plant Ihr, lange in der Stadt zu bleiben, Mylord?«

Ustar trank mehr Wein, versucht, die Spannung aufrechtzuhalten, und wurde dann plötzlich des Spieles müde. »Ich warte auf Lady Derai«, erklärte er. »Ihr Schiff sollte jeden Augenblick eintreffen. Tatsächlich«, fügte er hinzu, als ein bekannter Klang vom Himmel herabschallte, »könnte es dies nun sein.«

Aber es war noch reichlich Zeit, die Mahlzeit zu beenden.

* * *

Der Vermittler war ein Hausi, plump, langweilig, lächelte wie eine Katze, Kastenzeichen bleich auf seiner ebenholzschwarzen Haut. Er stand im grellen Sonnenlicht auf halbem Weg zwischen dem Schiff und dem Rand des Feldes, seine Stimme gut gelaunt, als er sein Angebot herüberrief. »Fünf! Fünf pro Tag! Ich kann jeden kräftigen Mann gebrauchen!«

Dumarest hielt inne, betrachtete ihn. Neben ihm bewegte sich das Mädchen mit ruheloser Ungeduld.

»Komm schon, Earl. Er heuert nur Arbeiter für die Ernte an. Es ist für dich nicht von Interesse.«

Dumarest antwortete nicht. Seine Augen suchten den Himmel ab, das Feld, die Stadt dahinter. Der Himmel war von einem harten, klaren Blau, die Sonne eine messingfarbene Scheibe von schneidender Helligkeit, die Luft heiß und stickig durch die tropische Wärme. Das Feld war aus Schotter, festgestampft, sauber und eben gehalten. Eine Gruppe Männer arbeitete daran, die Köpfe gesenkt, schlurften auf eine vertraute Weise. Andere Männer standen dort und beobachteten sie. Gefangene und ihre Wächter. Nun, es war üblich, Sträflingsarbeit zu verwenden, um die Felder zu unterhalten.

»Komm schon, Earl«, drängte Derai ungeduldig. »Lass uns heimgehen.«

»Einen Moment.« Die Stadt war interessant. Sie reichte bis zum Rand des Feldes, eine ausufernde Ansammlung von Werkstätten, Häusern, kleinen Fabriken und Geschäften. Sie schien keinerlei Spur von Planung oder Gestaltung zu haben. Einige Straßen führten aus ihr heraus, keine sehr weit. Zum Feld hin krümmten sich die Lagerhäuser um einen zentral gelegenen Platz, die langen, niedrigen Schuppen auf einer Seite. Sie sah mehr aus wie ein verwachsenes Dorf anstatt wie eine florierende Metropole.

Er würde seine Geschäfte erledigen und sich auf den Weg machen. Sein Instinkt warnte ihn, dass Hive keine gute Welt sei, um dort zu verweilen.

»Ihr erstes Mal auf Hive, Sir?« Der Vermittler war höflich. »Eine interessante Welt. Es mag durchaus solche geben, die auf die Sinne einen größeren Eindruck machen, aber nur wenige mit solch subtiler Schönheit, um den Betrachter zu verzaubern. Ich könnte eine Besichtigungsreise für Sie und Ihre Lady arrangieren. Moderne Lufttransporter und ein versierter Führer. Meine Karte, Sir. Mein Name ist Yamay Mbombo. Ich bin wohlbekannt in der Stadt, Sir. Eine Frage in einem beliebigen Hotel oder Wirtshaus wird meine Adresse preisgeben. Soll ich Sie jetzt für unsere besondere Drei-Tage-Erkundung eintragen?«

Dumarest schüttelte seinen Kopf. »Nein, danke.«

»Wie Sie wünschen, Sir.« Der Hausi wandte sich um, um ein Grüppchen Männer zu betrachten, die sich langsam von dem Schiff her näherten. »Fünf«, rief er. »Fünf pro Tag! Ich kann jeden kräftigen Mann gebrauchen!«

»Fünf.« Dumarest war nachdenklich. Es schien wenig. »Sag mir«, sagte er zu dem Mädchen, »was kann ich mir auf Hive davon kaufen?«

»Woher soll ich das wissen?«

»Finde es heraus«, schlug er vor. »Lies seine Gedanken.« Und dann, nach einem Moment. »Nun?«

»Eine Menge«, sagte sie, und erschauderte. »Es war schrecklich«, beschwerte sie sich. »Bestialisch!«

»Er ist vermutlich mit einer oder mehreren Frauen verheiratet«, sagte Dumarest ruhig. »Er könnte sogar hungrig sein. Wann wirst du lernen, dass unterbewusste Gedanken nichts mit der beabsichtigten Handlung zu tun haben? Wir sind alle Bestien«, fügte er hinzu. »Die meisten von uns lernen richtig einzuschätzen, was wir sehen oder hören.« Es war eine Lektion, die er ihr während der gesamten Reise versucht hatte beizubringen. Er hatte wenig Erfolg gehabt.

»Warum warten wir?« Derai ergriff seinen Arm und presste ihren Körper dicht an seinen eigenen. Es war nichts Kindliches in der Geste. »Du hast uns auf dem Schiff warten lassen«, beschwerte sie sich. »Wir waren die Letzten, die gingen. Wir hätten jetzt bereits daheim sein können.«

»Sei geduldig«, sagte Dumarest. Er fühlte sich beunruhigt. Hive war, offensichtlich, eine arme Welt. Er drehte sich, um die Gruppe jener zu untersuchen, die niedrig gereist waren. Sie waren dünn, bleich, hatten sich kaum von der Auferstehung erholt. Einige würden wenig Geld haben, genug vielleicht, um sich über Wasser zu halten, bis sie Anstellung fanden. Manchen fehlte sogar das. Alle waren sie Fremde. »In Ordnung«, sagte er zu dem Mädchen. »Wir können jetzt gehen.«

Dumarest verengte seine Augen, als sie sich dem Tor näherten. Eine Gruppe von Leuten stand davor auf dem Jedermannsland des Feldes. Eine Reihe durchhängender Zelte und schwacher Bauten erstreckte sich auf jeder Seite des Zaunes, ebenso auf der Feldseite des hohen Maschendrahtes. Eine mobile Kirche der Universalen Bruderschaft stand in geringer Distanz des entferntesten Zeltes und Dumarest konnte den schlichten braunen Wollstoff eines Mönches unter den Leuten ausmachen.

Ein Mann wandte sich um, als sie sich näherten. Er war errötet, nervös, die Augen leuchtend von Panik. Sar Eldon war in schlechter Verfassung. »Dumarest!« Er schluckte und versuchte, seine Stimme zu kontrollieren. »Dem Herrn sei Dank, ein freundliches Gesicht. Ich hatte gedacht, Sie wären gegangen, dass ich alleine wäre.« Er brach ab und wischte sich den Schweiß von seinem Gesicht. »Ich hasse es, dies zu fragen«, sagte er tonlos. »Aber ich habe keine Wahl. Würden Sie mir bitte etwas Geld leihen?«

Dumarest war barsch: »Sie hatten Geld. Mehr als die Kosten ihrer Passage.«

»Der Kapitän hat es alles genommen. Er sagte, ich schulde es ihm. Jetzt weiß ich, warum.« Eldon ruckte seinen Kopf dem Tor entgegen. »Sie lassen mich nicht raus«, erklärte er. »Ich habe die Landegebühr nicht. Ich habe die Wahl hierzubleiben«, fuhr er fort. »So zu leben wie der Rest von ihnen im Inneren des Feldes. Oder ich kann zurück zu dem Schiff kriechen und sie anbetteln, mich zurückzunehmen. Wenn ich das tue, muss ich jedwede Bedingung akzeptieren, die der Kapitän mir anbietet. Ich werde bis ans Ende meines Lebens ein Sklave sein.«

»Und der Rest?«

»Schlimmer. Sie haben keine Chance, von hier fortzukommen.« Der Spieler war ausnahmsweise einmal ehrlich.

Dumarest sah sich die anderen an. Sie waren ein vertrauter Anblick. In Lumpen gekleidet, abgemagert, verhungernd im buchstäblichen Sinne. Männer ohne Geld und entsprechend ohne Hoffnung;

Reisende, die die Endstation erreicht hatten, eingesperrt, sodass sie das Feld nicht verlassen konnten, um nach Arbeit zu schauen oder Nahrung zu suchen. *Hive,* dachte er finster, *verspricht ein Ort zu sein, an den man sich erinnert.*

»Earl.« Er spürte das Ziehen an seinem Arm und wurde sich des Mädchens an seiner Seite bewusst. Ihr Gesicht war verzerrt, als stünde sie unter Schmerzen, aber sie war frei von Furcht. Er war froh darüber. »Earl, warum sind all diese Leute so elend?«

»Sie verhungern«, erklärte er. »Und deine Leute schauen ihnen beim Verhungern zu.« Es war ungerecht, aber wahr. Zu viele aus der Aristokratie gingen ihrer Wege und waren blind für das Leid anderer. Für sie gab es keine Entschuldigung.

»Wir müssen ihnen helfen«, entschied sie. »Earl, was brauchen sie?«

»Geld.«

»Du hast doch Geld.« Für sie war die Situation kindisch einfach. »Wenn du es ihnen gibst, werden sie nicht länger leiden. Ist das richtig?«

»Ist es. Für eine Weile«, fügte er hinzu. »Ich kann nichts für die Zukunft versprechen. Allerdings scheint in diesem Fall Wohltätigkeit unnötig.« Er bewegte sich näher an die Menge und griff einen Mann an der Schulter. »Ihr wollt Geld«, sagte er. »Da ist ein Vermittler auf dem Feld, der Arbeit anbietet. Warum nehmt ihr das nicht an?«

»Für fünf pro Tag?«

»Für einen pro Tag, wenn ihr müsst. Wenn das alles ist, was man holen kann. Oder ziehst du es vor, hier zu sitzen und zu verhungern?«

»Nein«, sagte der Mann. Er war klein, mit einer zerstreuten Mähne roten Haares und einem Gesicht, das unter dem Schmutz mit Sommersprossen bedeckt war. »Nein«, wiederholte er. »Ich bevorzuge das überhaupt nicht. Aber ich will verdammt sein, wenn ich meinen Hals riskiere, bloß um die Landegebühren zu bezahlen. Landegebühren!« Er spie auf den Schotter. »Wo sonst findet man so eine Gaunerei? Ich bin auf hundert Welten gewesen und habe noch nie so etwas erlebt.« Er spie erneut und blinzelte Dumarest an.

»Wir sprachen über Arbeit«, sagte er. »Weißt du, was für eine Art Arbeit er anbietet?«

»Es hat irgendetwas mit Ernten zu tun.«

»Das ist richtig, aber weißt du was? Das Gelée«, sagte der Mann. »Das Zeug, das sie für ein Vermögen verkaufen. Sie zahlen fünf pro Tag, und wenn einer von zwei Leuten überlebt, um es einzusammeln, glauben sie, ein schlechtes Geschäft gemacht zu haben. Fünf pro Tag für eine fünfzigprozentige Chance, getötet zu werden. Würdest du die annehmen?«

»Ich weiß es nicht«, sagte Dumarest. »Aber ich kann dir nicht vorwerfen, darüber nachzudenken.«

Er trat zurück und schaute über das Tor hinaus. Draußen stand eine Ansammlung zufälliger Beobachter hinter der Wachgruppe. Die meisten von ihnen, bemerkte er, trugen eine Tunika in variierender Farbe, jede mit einem Wappen auf der linken Brust. Einige wenige trugen einen schweren Dolch an ihrem Gürtel, ein Symbol der Autorität oder ein Rangabzeichen. Derai zog an seinem Arm.

»Earl«, beharrte sie, »tu etwas für diese Leute. Ich werde es zurückzahlen«, sagte sie schnell. »Mein Haus ist nicht arm. Ich bitte dich nur, mir das Geld zu leihen, bis wir daheim ankommen. Bitte, Earl!« Ihre Hand schloss sich fester um seinen Arm. »Für mich«, flüsterte sie. »Tu es für mich.«

Die Kirche war klein, das Segnungslicht der auffälligste Gegenstand, jenes hypnotische Gerät, vor dem die Bittsteller saßen, ihre Sünden gestanden und ihre subjektive Buße auferlegt bekamen, bevor sie das Brot der Vergebung erhielten. Dahinter, im Beichtstuhl, saß Bruder Yitrium. Er sah kaum anders aus als der Rest. Seine Robe war geflickt und sein Körper sauber, aber sein Gesicht zeigte Zeichen der Entbehrung. Nun saß er dort, den Kopf gesenkt, und betete.

»Bruder«, sagte er schließlich zu Dumarest, »was soll ich sagen? Jedes Mal wenn ich das Feld verlasse, muss ich die Gebühr bezahlen. Wir haben keine etablierte Kirche auf diesem Planeten und die Häuser sind unseren Lehren nicht wohlwollend gegenüber. Ich hatte begonnen zu glauben, Gott stehe mir bei, dass die Wohltätigkeit tot sei. Nun sehe ich, dass sie es nicht ist.«

»Wie viel?«, sagte Dumarest. »Nicht nur um das Feld zu räumen, das kann ich selber abzählen, sondern um ihnen genug zu geben, dass sie draußen eine Chance haben, auf eigene Füße zu gelangen.«

»Gib ihm alles, was du hast«, sagte Derai ungeduldig. »Du wirst es nun nicht brauchen.«

»Wir müssen noch das Feld verlassen«, erinnerte Dumarest.

»Ich bin vom Hause Caldor!« Hier hatte ihr Stolz eine gewisse Bedeutung. »Sie würden es nicht wagen, eine Gebühr von mir – oder jenen, die bei mir sind – zu verlangen. Gib ihm das Geld. Alles. Schnell, damit wir nach Hause können.«

Nach Hause, dachte Dumarest düster, *und zum unvermeidlichen Abschied.* Er würde sie vermissen. Er schüttete Münzen in die Schale des Mönches.

»Sei gesegnet, Bruder«, sagte der Mönch.

»Segne sie«, sagte Dumarest trocken. »Es ist ihr Geld.«

Draußen, zurück am Tor, hatten sich die Dinge verändert. Die meisten Beobachter waren gegangen. Jene im Inneren hatten ihre Positionen am Zaun wieder eingenommen und riefen jenen zu, die vorbeigingen, bettelten um Nahrung und Geld. Der Vermittler war verschwunden. Das Gelände um das Schiff war verlassen. Eldon war das einzige vertraute Gesicht in Sichtweite.

»Dumarest, um Himmels willen ...«

»Sie werden nach draußen kommen. Der Mönch hat Geld für Sie alle.« Dumarest wandte sich an Derai. »Sollen wir gehen?«

»Ja«, sagte sie, machte drei Schritte – und hielt inne. »Ustar!«

»In Fleisch und Blut, süße Cousine.« Er trat arrogant durch das Tor. »Ich hatte dich beinahe aufgegeben, aber dann habe ich es überprüft und herausgefunden, dass du mit diesem Schiff gereist bist.« Er warf einen Seitenblick zu Dumarest. »Ich nehme an, du hattest eine gute Reise?«

»Eine höchst angenehme.«

»Ich bin froh, das zu hören. Manchmal können diese Reisen so langweilig sein. Du hast vermutlich einen Weg gefunden, dich zu amüsieren. Aber nun ist die Reise vorbei.«

Er kam näher, sehr hochgewachsen, sehr selbstsicher, makellos in seiner dunkelgrünen, mit Silber verzierten Tunika. Seine Hand ruhte leicht auf dem Knauf seines Dolches. *Aber*, dachte Dumarest, *für ihn ist es mehr als ein Symbol. Er weiß, wie man ihn einsetzt und drängt vermutlich danach, ihn erneut zu verwenden.*

»Mylady ...«, begann er, doch sie bedeutete ihm zu schweigen.

»Ustar«, sagte sie. »Es ist sehr aufmerksam von dir, mich hier abzuholen. Mein Vater, geht es ihm gut?«

»Sowohl ihm als auch deinem Halbbruder.« Ustar streckte einen Arm aus, ignorierte Dumarest, als sei er ein Teil der Landschaft. »Ein Flitter wartet auf uns. Wir können in kurzer Zeit daheim sein. Komm, Derai.«

Sie nahm seinen Arm und fiel in seinen Schritt ein. Dumarest folgte ihnen, um plötzlich von der Wache aufgehalten zu werden.

»Ihre Gebühr«, sagte der Mann. »Sie haben sie nicht bezahlt.«

»Sie wird bezahlt werden«, sagte Dumarest. Geld war nun wieder wichtig. Düster schaute er dem Paar nach; nicht einmal wandte sie ihren Kopf um.

So viel zur Dankbarkeit von Fürsten.

* * *

Der Raum hatte einen bitteren, medizinischen Geruch, den Duft von Drogen, Alter und senilem Verfall. *Das ist Einbildung*, dachte Johan. Das Zimmer war makellos, wohlgelüftet, parfümiert mit dem Duft wilder Rosen und Osphagen. Es konnte nicht nach Krankheit und einsetzendem Tod riechen. Aber irgendwie tat es das. Dem alten Mann war es sogar gelungen, diesen Ort mit seiner Persönlichkeit zu prägen, diesen begrenzten Bereich seiner letzten Selbstständigkeit, den Raum, in dem er sterben würde.

Johan drehte sich um, als eine Schwester sich leise zu der Gestalt auf der pneumatischen Matratze bewegte, eine Routinekontrolle machte, sich still wieder zu ihrem Sitzplatz neben der Tür begab. Sie wusste es selbsverständlich, ebenso wie der Arzt, der Cyber, Emil und er selbst. Vielleicht gab es noch andere, aber falls dem so war, hüteten sie sich, von dem zu sprechen, was sie wussten. Jedes Haus umfasste mindestens einen Bewohner gleich dem alten Mann.

Johan bewegte sich zu dem Bett. Die flach liegende Gestalt war grotesk, aufgeblasen, ein geschwollener Gewebesack, in dem noch immer ein lebendes Herz schlug, noch immer die Lungen ihre Arbeit verrichteten. *Und der*, dachte er, *kränklich noch immer ein lebendes Hirn beherbergt. Mein Vater*, sagte er sich selbst zynisch; es lag nah genug an der Wahrheit. Aber sein Vater war tot. Sein Großvater war tot. Die Gestalt in dem Bett war sein Urgroßvater. Der Glückliche. Die Legende. Der immerwährende Großvater. Der Mann, dem es gelungen war, sein Leben über Generationen auszudehnen, es mit der unverdünnten Magie der Ambrosaira zu verlängern, dem Gelée royale der mutierten Bienen.

Verlängert – nur wofür?

Ein schwaches Geräusch kam von dem Bett. Ein dünnes Keuchen, ein Krächzen, ein schreckliches Gurgeln. Sofort war die Schwester an ihrem Posten, verabreichte mit geschickten Fingern Medikamente, linderte die unberechenbaren Stöße des monströsen Körpers. *Er will etwas*, dachte Johan. *Er versucht zu kommunizieren. Aber seine Stimmbänder sind fort, seine Koordination, die Synchronisation zwischen Gehirn und Körper. Er ist schlechter dran als ein Kohlkopf*, sagte er sich. *Immerhin ist einem Gemüse nicht bewusst, dass es einfach darauf wartet zu sterben.*

Er blickte auf, als sich die Tür leise öffnete. Blaine stand an der Schwelle. Sein leiblicher Sohn, die erste Frucht verschiedener Liebschaften und der wundervolle erste Beweis, dass seine Gene noch brauchbar waren, noch immer in der Lage, eine Eizelle zu befruchten. Er hatte die Nacht, als Blaine geboren wurde, gefeiert, indem er sich ungewöhnlich betrunken hatte. Als er sich erholt hatte, war die Mutter des Jungen verschwunden und ward nie mehr gesehen.

Er hatte seither keinen Wein mehr angerührt.

»Vater.« Der Junge hielt seine Stimme leise und Johan war froh darüber. Es zeigte Respekt, wenn schon sonst nichts. »Derai ist daheim«, sagte er. »Ustar brachte sie von dem Feld.«

»Derai? Daheim?« Johan durchquerte den Raum, lief beinahe in seiner Ungeduld. »Warum hat man mir nicht gesagt, dass man sie erwartet?« Er konnte sich den Grund denken. Es war ein weiteres von Emils Werken und sein Gesicht wurde finster, als er darüber nachdachte. Der Mann bürdete sich selbst zu viel auf. Vielleicht war es an der Zeit, dass er seine Autorität behauptete. Aber das konnte später kommen. Zunächst musste er seine Tochter sehen.

»Vater!« Sie hielt ihn in ihren Armen. »Es ist gut, zurück zu sein. Du kannst nicht ahnen, wie sehr ich dich vermisst habe.«

»Und ich habe dich auch vermisst, Tochter.« Er trat zurück und sah sie an. Sie hatte sich verändert, aber er konnte sich nicht entscheiden, wie oder auf welche Weise. Da war ein gewisses Selbstbewusstsein, an dem es zuvor gemangelt hatte, eine Ruhe, an die er sich nicht erinnerte. Vielleicht hatte Regor recht gehabt mit seiner Annahme, dass das Cyclan-College auf Huen eine Hilfe sein würde. Doch warum war sie von dort fortgelaufen?

»Später«, sagte sie, bevor er die Frage stellen konnte. »Ich werde es dir später erzählen. Wenn wir alleine sind.«

Es dauerte Stunden, bis es dazu kam. Wie eine lästige Klette bestand Ustar darauf, ihnen Gesellschaft zu leisten, betäubte ihre Ohren mit seinen Geschichten von eingebildetem Können. Emil war genauso schlimm; er schien etwas auf der Seele zu haben. Regor hatte sich, nachdem er seinen Respekt erwiesen hatte, in seine Gemächer zurückgezogen. Zumindest er hatte Höflichkeit gezeigt, dachte Johan. Er hatte sie nicht einmal gefragt, warum sie das College verlassen hatte. Endlich waren sie allein.

»Ich hatte Angst«, sagte sie. »Ich musste fortlaufen. Ich fürchtete um mein Leben.«

»Einbildung, mein Kind?«

»Ich weiß es nicht. Ich glaube es nicht. Sie sind so seltsame Leute«, sagte sie. »Die Cyber, meine ich. So kalt. So bar jeder Emotion. Sie sind genau wie Maschinen.«

»Sie sind Maschinen«, sagte er. »Denkende Mechanismen aus Fleisch und Blut. Sie sind geschult, von bekannten Daten aus zu extrapolieren und das logische Ergebnis jeder Handlung oder Folge von Handlungen vorherzusagen. Darum sind sie so gute Berater. Sie sind stets neutral und man kann ihnen immer vertrauen. Sie betrachten Emotionen nicht als brauchbare Daten. Daher ignorieren sie sie.« *Und daher*, fügte er für sich leise hinzu, *ignorieren sie den Hauptteil der menschlichen Existenz.* »Es war ein Fehler, dich zu dem College zu schicken«, gab er zu. »Aber Emil war derart beharrlich, dass es dir guttun würde. Regor ebenfalls. Und«, endete er, »sie scheinen in der Tat recht gehabt zu haben. Du hast dich verändert.«

»Ich fühle mich anders«, bestätigte sie. »Doch das hat nichts mit dem College zu tun. Versprich mir, dass du mich nicht zurückschickst.«

»Ich verspreche es.«

»Ich schulde dem Verwalter von Kyle etwas Geld«, sagte sie. »Ich sagte ihm, das Haus würde ihm seine Ausgaben erstatten.«

»Man wird sich darum kümmern.«

Sie sprachen mehr, aber vor allem über Belanglosigkeiten, Geräusche, um die Stille zu füllen. Und dann, es war schon sehr spät, bestand er darauf, dass es Zeit wäre, zu Bett zu gehen.

»Muss ich, Vater? So früh?«

»Es ist spät«, beharrte er. »Und du musst müde sein.«

»Ich fühle mich nicht müde.« Sie streckte sich, warf ihren Kopf zurück, sodass die Kaskade ihrer Haare uneingeschränkt ihren Rücken herabhing. »Vater, da ist etwas, was ich dir sagen muss.«

»Ist es wichtig?« Er unterdrückte ein Gähnen. »Kann es bis morgen warten?«

»Sicher«, sagte sie. »Natürlich kann es warten. Gute Nacht, Vater.«

»Gute Nacht.«

Vielleicht geht es ihr wirklich besser, dachte er, als er ihr Zimmer verließ. *Vielleicht hat das College geholfen, auch wenn sie es nicht zugibt. Es könnte sein, dass ihr Verlangen fortzulaufen, der Höhepunkt der Behandlung war.*

Aber nach dem, was sie ihm erzählt hatte, war es eine merkwürdige Form der Behandlung gewesen. Tests, sowohl körperlicher als auch geistiger Art, besonders auf ihre Fruchtbarkeit und ihr Chromosomenmuster bezogen, als wären sie mehr an ihr als Zuchttier interessiert anstatt als Patientin, der sie versuchten zu helfen.

Dennoch, tröstete er sich, *scheint sie stabiler zu sein.* Selbst wenn sie nur gelernt hatte, ihre zuvor unbeherrschbare Angst zu rationalisieren, würde es helfen. Er erinnerte sich zu lebhaft an die Nacht, in der sie ihn mit ihren verzweifelten Schreien geweckt hatte. Die langen Nächte, in denen sie in die Stille betäubt werden musste.

Es war mehr das als irgendetwas anderes gewesen, was ihn überzeugt hatte, Emils Vorschlag zuzustimmen.

Müde kroch er in sein Bett. Es war ein langer Tag gewesen. Morgen würde er überlegen, was das Beste zu tun sei. Morgen – nach einem tiefen, festen Schlaf.

Aber in dieser Nacht erwachte Derai und zerriss die Luft mit ihren Schreien.

5

Yamay Mbombo hatte ein Büro im ersten Stock eines verfallenden Gebäudes aus Holz und Stein. Es war ein bescheidener Ort, dürftig möbliert, aber Dumarest war schlauer, als das einfach zu glauben. Wenige Hausi waren arm. Der Vermittler lächelte hinter seinem Schreibtisch, als er eintrat. »Es ist gut, Sie wiederzusehen, Dumarest, Sir.«

»Sie kennen mich?«

Yamays Lächeln wurde breiter. »Wir haben einen gemeinsamen Freund, einen Spieler. Er kam mit einem interessanten Vorschlag zu mir. Von ihm erfuhr ich, warum es mir unmöglich war, Arbeiter anzuheuern, um meinen Vertrag zu erfüllen.«

»Sie sollten mehr anbieten«, sagte Dumarest ohne Mitgefühl. Er fand einen Stuhl und setzte sich. »Geben Sie mir die Schuld?«

»Natürlich nicht, mein guter Herr. Es ist eigentlich zu meinem Vorteil. Nun habe ich einen Grund, meine Auftraggeber zu überzeugen, höhere Gebühren anzubieten, und das bedeutet eine größere Provision. Sie haben mir einen Gefallen getan. Im Gegenzug biete ich Ihnen einen Rat: Die Wände mobiler Kirchen sind sehr dünn.« Der Vermittler blickte kritisch auf seine Fingernägel. »Ich nehme an«, sagte er leise, »Sie haben sich nicht all Ihres Vermögens entledigt, wie das Mädchen es verlangte?«

»Nein.«

»Das dachte ich mir. Sie sind ein Mann mit Verstand. Sie verstehen, wie leicht es für andere ist, großzügig zu sein, wenn es nicht ihr Geld ist, das auf dem Spiel steht. Das Mädchen gehört zu einem Haus, nicht wahr?« Der Vermittler zuckte die Schultern, als Dumarest nickte. »Nun«, gab er zu, »es besteht eine geringe Wahrscheinlichkeit, dass Sie das Geld zurückgezahlt bekommen. In welchem Fall Sie natürlich etwas auf die Summe aufschlagen werden, die Sie dem Mönch wirklich gegeben haben, und so einen rechtmäßigen Gewinn machen.«

Dumarest war spöttisch. »Rechtmäßig?«

»Genau das.« Der Hausi war ernst. »Geld, das mit einem solchen Risiko verliehen wird, verdient einen hohen Zinssatz. Muss ich erklären, dass die Häuser Wucher nicht gerne sehen?« Yamay streckte sich und blickte zu Dumarest. »Ein Mann muss seinen Profit so gut herausschlagen, wie er kann. Auf diesem Planeten tut er das oder er überlebt nicht. Aber wir schweifen ab. Warum sind Sie zu mir gekommen?«

»Ich benötige Hilfe«, sagte Dumarest und ergänzte: »Ich kann dafür zahlen.«

»Dann sollen Sie sie erhalten«, sagte der Hausi. »Alles, was Sie benötigen und was in meiner Macht steht. Brauchen Sie Informationen? Ich bin derjenige, der sie geben kann. Möchten Sie einen Drink? Den kann ich Ihnen ebenfalls geben.« Eine Schublade öffnend, holte der Vermittler eine Flasche und zwei Gläser hervor. Er goss ein und schob eines über den Schreibtisch zu Dumarest. »Auf Ihre Gesundheit, Sir!«

Die Flüssigkeit war stark, mit einer unterschwelligen Schärfe und schwer vor Süße.

»Honig«, erläuterte der Vermittler. »Auf Hive gewöhnt man sich schnell an den Geschmack. Hive«, wiederholte er. »Eine sonderbare Welt.«

»So scheint es mir.« Dumarest hatte einige Zeit damit verbracht, sich umzuschauen. Er war unbeeindruckt von dem, was er gesehen hatte. »Warum ist sie so arm?«

»Der übliche Grund – viel zu viele Hände greifen in den Topf.« Der Vermittler goss weitere Drinks aus. »Diese Welt wurde zunächst von neunundzwanzig Familien besiedelt«, erklärte er. »Sechs starben während des ersten Jahrzehnts. Der Rest überlebte, um wie verhungernde Hunde um einen einzelnen Knochen zu kämpfen. Krieg«, erinnerte er, »ist niemals profitabel für jene, die sich am eigentlichen Kampf beteiligen. Schließlich erkannten sogar die hitzköpfigen Narren, die die Häuser führten, dass sie auf dem Weg zur gegenseitigen Vernichtung waren. Also unterzeichneten die verbliebenen Häuser, elf Stück waren es, einen Pakt. Wenn ein Haus angegriffen wird, schließen sich die anderen gegen den Angreifer zusammen, vernichten und teilen, vermutlich, die Beute untereinander auf. Bisher ist es nicht geschehen, aber es ist ein unsicherer Frieden.«

»Ein Feudalsystem«, sagte Dumarest. »Klasse, Privilegien und selbstsüchtige Gier. Ich habe so etwas schon gesehen.«

»Auf vielen Welten, ohne Zweifel«, stimmte der Vermittler zu. »Aber Sie verstehen nun, warum Hive so arm ist. Was auch sonst, wenn jedem Lord, der das Recht hat, den Dolch zu tragen, Arbeit fremd ist und er dennoch seine Diener, seine Luxusgüter, seine Einfuhrwaren und kostspieligen Reisen zu anderen Planeten haben muss? Der erzeugte Wohlstand kann den Bedarf nicht erfüllen. Also werden jene, die wenig haben, dazu gezwungen, noch weniger zu akzeptieren. Ich sage voraus«, sagte Yamay, »dass der kritische Punkt des Zusammenbruchs sehr nahe ist. Sicherlich innerhalb der nächsten Generation.«

»Krieg zwischen den Häusern«, sagte Dumarest. »Revolution. Chaos.«

»Und dann möglicherweise Expansion, Wachstum und eine angemessene Ausnutzung des Planeten.« Der Vermittler trank, wartete, dass Dumarest seinem Beispiel folgte, und füllte die Gläser wieder. »Aber zum Geschäft. Was kann ich für Sie tun?«

»Ich brauche einen Transport«, sagte Dumarest. »Zu einem Dorf oder einer Stadt namens Lausary. Kennen Sie die?«

Der Hausi runzelte die Stirn. »Lausary«, murmelte er. »Lausary. Es klingt vertraut, aber ich kann es nicht direkt unterbringen.« Er erhob sich und schaute finster auf eine Karte, die an die Wand gepinnt war. »Ist es der Ort, den Sie wollen, oder jemand darin?«

»Ein Mann. Ich habe gehört, er sei dort zu finden.«

»Dieser Mann. Aus welchem Haus ist er? Die Farbe seiner Tunika? Sein Wappen?«

»Ich weiß es nicht. Ich habe ihn nie getroffen.« Dumarest erhob sich. »Nun, wenn Sie mir nicht helfen können ...«

»Das habe ich nicht gesagt!« Yamay war in seinem Berufsstolz getroffen. Er stieß einen Daumen auf das Interkom auf seinem Tisch. »Faine! Komm herein! Schnell!«

Faine war ein gedrungener Mann mittleren Alters mit dünner werdendem Haar und groben, fettbefleckten Fingern. Er nickte Dumarest zu, schaute dann zu dem Vermittler.

»Lausary«, sagte Yamay. »Dieser Mann möchte dorthin gehen. Kennst du es?«

»Sicher«, sagte Faine. »Es ist eine kleine Siedlung tief in den Freilanden. Gut fünfzehn Kilometer westlich von Major Peak. Darum kennen Sie es nicht. Sie machen keine Touren dort draußen.« Er schaute zu Dumarest. »Wann wollen Sie los?«

»Auf der Stelle.«

Faine schaute bedenklich drein. »Es wird spät«, sagte er. »Wir werden draußen übernachten müssen, aber wenn Sie das nicht stört, bin ich bereit.«

»Wie viel?«, fragte Dumarest. Er blickte erstaunt, als der Vermittler es ihm sagte. »Hören Sie«, sagte er vernünftig, »ich will den Flitter nicht kaufen. Ich will nur den Transport hin und zurück.«

»Das habe ich verstanden«, sagte Yamay schnell. »Ich versichere Ihnen, dass die Mietgebühr nicht übertrieben ist. Die Differenz ist eine Kaution. Der Flitter ist die Lebensgrundlage dieses Mannes«, erklärte er. »Die Freilande sind nicht der sicherste Ort, um darin zu reisen. Die Kaution ist eine Schadensversicherung.«

»Und wenn ich mich weigere, sie zu bezahlen?«

Yamays zuckte vielsagend die Schultern. Wenn Dumarest dorthin wollte, musste er zahlen.

»Danke Ihnen, Dumarest, Sir.« Der Vermittler strahlte, als er das Geld zählte. »Es ist ein Vergnügen, mit solch einem Mann Geschäfte zu machen. Gibt es sonst etwas, was ich für Sie tun kann?«

»Ja«, sagte Dumarest. »Sie können mir eine Quittung geben.«

* * *

Der Flitter war alt, abgenutzt, die Rotoren ungleichmäßig ausgewuchtet, sodass das Fahrzeug sich ruckweise bewegte und vibrierte, als es durch die Luft lahmte. Dumarest wunderte sich über die Verwendung eines solch primitiven Transportmittels, aber er konnte sich den Grund denken. Antigravflöße waren simpel, effektiv und sparsam im Verbrauch, nur würden sie ihren Besitzern eine Freiheit geben, die jenen, die den Planeten beherrschten, zuwider war.

Er blickte durch die transparente Kabine auf den Boden unter sich. Der hatte sich von fruchtbarer Erde und gepflegten Feldern zu einer steinigen, zerklüfteten Fläche gewandelt, gesprenkelt mit großen Felsen und von flachen Rinnen zerschrammt. Die Sonne war beinahe untergegangen, lag blutrot am Horizont und warf lange Schatten über das Gelände. Dornige Pflanzen wuchsen in verstreuten Büscheln, wuchernde hässliche Dinger mit knorrigen Stängeln, die kränklich-weiße Blüten trugen, so groß wie der Kopf eines Mannes.

»Osphagen«, sagte Faine. Es war das erste Mal, dass er gesprochen hatte, seit sie die Stadt verlassen hatten. »Es wächst viel dichter unten im Süden, in den Freilanden. Es ist so ziemlich das Einzige, was hier wächst. Das und die Bienen. Die schlechte Art.«

Dumarest spürte das Bedürfnis des anderen nach Konversation. »Ihr habt mehr als eine Art?«

»Sicher. Es gibt die kleine Art, die Art, die gezüchtet und gehandhabt und an die Arbeit geschickt werden kann. Und da ist die andere Art, die in den Freilanden brütet. Wenn Sie die kommen sehen, gehen Sie in Deckung verschwenden dabei keine Zeit. Wenn Sie's nicht tun, töten die Sie. Sie schwärmen«, erklärte er. »Sie wollen etwas Hohles finden, das als Nest dienen kann. Manchmal ist es ein Haus. Wenn das passiert, haben die Besitzer die Wahl. Sie können den Schwarm töten oder sie ziehen um. Normalerweise ziehen sie um.«

»Warum ziehen die Leute nicht weiter weg?« Dumarest war nur flüchtig interessiert. »Warum verlassen sie nicht die Freilande, wenn die Bienen so schlimm sind?«

»Die Freilande sind wirklich schlimm.« Faine schlug die Belüftung auf seiner Seite der Kabine zu. »So schlimm, dass selbst die Häuser sie nicht wollten. Sie verließen sie als eine Art Niemandsland. Gesetzesbrecher und Leute auf der Flucht fanden heraus, dass sie dort sicher waren. Sicher vor den Häusern heißt das. Andere schlossen sich ihnen an, Diener bezwungener Häuser, Deserteure, gestrandete Reisende, solche Leute.« Er sah Dumarest an. »Sie blieben und ließen sich nieder und schafften es, zu überleben. Fragen Sie mich nicht wie.«

»Vermutlich wollten sie leben«, sagte Dumarest trocken. »Was ist so schlimm an dem Ort?«

»Es ist heiß. Radioaktiv. Vielleicht wegen irgendeines alten Kriegs oder es hat eine natürliche Ursache. Darum wachsen die Osphagen so dicht da unten. Das ist, was die Bienen mutiert hat. Aus dem Grund bleibt die Bevölkerungszahl so niedrig. Ich habe einige ihrer Neugeborenen gesehen. Es wäre eine Gnade, sie sterben zu lassen.«

Dumarest drehte sich in seinem Sitz. Der Bezug war abgenutzt, die Polsterung uneben und durchgesessen, aber es war ausreichend bequem. Am Himmel zog eine Schar von etwas, das er für Vögel hielt, eine Linie der Dunkelheit über die Sonne. Die Schatten wurden länger, verzerrten die Details unter ihnen, sodass es schien, als flögen sie in ein seltsames Universum unbekannter Formen. Faine grunzte und passte die Kontrollen an. Der Rhythmus des Motors veränderte sich, als der Flitter abbremste und langsam dem Boden entgegensank.

»Wir landen«, sagte er. »Suchen einen Platz für die Nacht.«

»So früh?«

»Es wird ziemlich schnell dunkel, nachdem die Sonne untergegangen ist. Ich will nicht riskieren, die Kiste gegen einen der Felsen zu rammen.«

Sie landeten auf einer freien Fläche weit entfernt von großen Steinen, Rinnen und dornigen Bäumen. Faine stöberte in einer Box herum und förderte ein eingewickeltes Paket Sandwiches und ein paar Flaschen Wein zutage. Er reichte eine an Dumarest und teilte die Sandwiches auf. »Es ist nichts Besonderes«, entschuldigte er sich. »Meine Frau hat einen kleinen Engpass beim Haushaltsgeld.«

Das Brot war nicht mehr frisch, die Füllung geschmacklos. Der Wein war kaum trinkbar. Es war, entschied Dumarest, mehr ein Honigbier als richtiger Wein und offensichtlich hausgemacht. Aber es war etwas zu essen und zu trinken.

»Nach wem suchen Sie in Lausary?«, fragte Faine, nachdem sie gegessen hatten. »Einem Freund?«

»Nur jemand, den ich treffen möchte.«

»Ein Reisender wie Sie?«

Dumarest ignorierte die Frage, entspannte sich auf dem Sitz, auf dem er die Nacht verbringen würde. Faine hatte seinem Vorschlag widersprochen, dass sie draußen schlafen könnten. Er bestand darauf, dass sie in der Kabine blieben. Wo es sicher war. Er hatte nicht gesagt, wovor es sicher wäre, und Dumarest hatte nicht gefragt. Er ging davon aus, dass der Mann seinen Planeten kenne.

»Ich dachte nur, dass ich ihn vielleicht kenne«, sagte Faine. Er zögerte. »Ich war einmal selbst ein Reisender«, sagte er plötzlich. »Ich trieb mich eine Weile herum, bevor ich hier landete. Das war vor sechszehn Jahren. Ich traf ein Mädchen und meine Tage als Reisender waren vorbei.« Er saß dort, grübelte in der von den Sternen erhellten Dunkelheit. »Ich dachte, ich hätte es geschafft«, fuhr er fort. »Ich bin Mechaniker, und zwar ein guter. Ich machte eine Werkstatt auf und dachte, ich würde reich, aber so ist es nicht gelaufen. Einfache Leute können es sich nicht leisten, ihre eigenen Maschinen zu besitzen, und die Häuser haben ihre eigenen Servicetechniker. Die Dinge liefen ziemlich schlecht, als ich Yamay traf. Ich halte seine Flotte instand und er gibt mir etwas zusätzliche Arbeit nebenbei. Wie diesen Ausflug«, erklärte er. »Er selbst würde nichts damit zu tun haben wollen.«

»Warum nicht?« Dumarest sah zu dem anderen Mann hinüber. Sein Gesicht war ein bleicher Klecks in der Dunkelheit der Kabine. Auf dem Armaturenbrett zeichnete die verblasste Leuchtkraft geisterhafte Muster auf abgenutzte Zifferblätter. »Und warum mussten wir ein Lager aufschlagen? Hätten wir es nicht in einer Etappe schaffen können?«

»Hätten wir gekonnt«, gab Faine zu. »Aber was, wenn etwas passiert wäre? Wenn vielleicht ein Rotor ausfällt oder etwas anderes? Sternenlicht ist trügerisch und der Grund ziemlich zerklüftet. Es hätte uns sicherlich in Stücke zerlegt. Darum hat Yamay mir den Job gegeben. Er wollte keinen seiner eigenen Flitter riskieren. Aber Sie müssen sich keine Sorgen machen«, sagte er. »Wir können früh aufbrechen, Lausary so zeitig erreichen, dass Sie Ihre Geschäfte erledigen können und vor Einbruch der Nacht zurück in der Stadt sind.«

Dumarest dreht sich auf die Seite.

»Die Kaution«, sagte Faine. »Ich will nicht, dass Sie eine falsche Vorstellung davon bekommen.«

»Das werde ich nicht.« Dumarest war grimmig; sie hatte praktisch all sein Geld verbraucht. »Nicht während Sie das Steuern übernehmen. Wenn Sie das Schiff zertrümmern, ist es Ihr Fehler, nicht meiner.«

»Sicher«, sagte Faine. »Das streite ich nicht ab. Aber sie ist da für den Fall, dass etwas passiert, was nicht mein Fehler ist. Die Freilande können ziemlich rau sein.« Er reckte den Hals, den Kopf gedreht, um Dumarest anzustarren. »Schauen Sie«, sagte er eindringlich. »Ich denke an meine Frau. Ich ...«

»Schlafen Sie«, sagte Dumarest.

Faine seufzte, der Stuhl knarzte, als er sein Gewicht verlagerte.

»Gute Nacht.«

Noch eine ganze Zeit lang lag Dumarest wach und schaute hinauf durch das transparente Dach der Kabine. Der Himmel war klar, die Sterne schimmerten von Horizont zu Horizont, dick wie die Steine der Wüste, große Sonnen und Sternennebel, Bänder und Vorhänge aus leuchtendem Gas, so hell wie das Silber des Haares einer Frau. Einer besonderen Art von Frau. Er schlief ein, während er an Derai dachte.

* * *

Die Angst war eine Wolke, ein See, ein ebenholzschwarzer Nebel, der sich näher wand, enger, einfangend, erstickend, einkapselnd in eine Welt des blanken Schreckens. Dort war kein Licht, kein Ton, nichts als die Dunkelheit und die Angst. Die entsetzliche Angst, so umfassend, dass sich ihr Verstand gegen die Grenzen der Vernunft drängte in einem Versuch zu entkommen.

Und immer, immer, war dort das klanglose, wortlose, zusammenhanglose Kreischen.

»Derai!«

Sie spürte, wie ihre Kehle vom Widerhallen der Schreie rau wurde.

»Derai!«

Sie spürte die Arme, hörte die Stimme, öffnete ihre Augen und sah das Licht, das wohltuende Licht. »Vater!«

»Ruhig, mein Kind.« Seine Worte waren beruhigend, doch lauter als seine Worte kamen seine Gedanken, unterlegt von seinen Gefühlen. *Was stimmt nicht mit ihr? Warum schreit sie? Ich dachte, all das wäre vorbei.* Zärtlichkeit, Anspannung, das Verlangen zu beschützen und triste Hilflosigkeit. »Es ist alles in Ordnung, Derai«, sagte er. »Es ist alles in Ordnung.«

»Derai!« Blaine kam in das Schlafgemach gerannt. Wie Johan trug er einen Morgenrock über seiner Nachtkleidung. »Stimmt etwas nicht?« *Sie hat wieder Albträume. Das arme Kind. Warum können sie nichts tun, um ihr zu helfen?* Das Verlangen zu schützen. Das Verlangen zu helfen. Verständnisvolles Mitgefühl.

Ein anderer Gedanke, eiskalt, stechend wie ein Messer:

Das dumme Miststück. Was stimmt jetzt nicht mit ihr? Was für ein Benehmen für eine Caldor! Ungeduld, Verärgerung und Verachtung. »Meine liebliche Cousine!« Ustar betrat den Raum. Er war vollständig angezogen, hatte seinen Dolch blank in seiner Hand. »Ich hörte die Schreie«, sagte er zu Johan. »Ich dachte, es bestünde vielleicht Gefahr.« Er trat an die Seite des Bettes, kniete nieder, ließ den Dolch auf den Teppich fallen. »Derai, meine Teuerste!« Seine Hände griffen nach ihren. »Du hattest einen Albtraum,« sagte er überzeugt. »Die Belastung der Reise muss dich aufgeregt haben. Das ist nur natürlich.« Seine Hände waren beengend, besitzergreifend, als sie ihre packten. »Aber du bist hier in der Festung sicher. Niemand kann dir nun etwas tun.«

»Ist alles in Ordnung?« Emil betrat blinzelnd, aber wie sein Sohn gänzlich bekleidet den Raum, der Arzt auf seinen Fersen. Trudo setzte die Tasche ab, die er trug, öffnete sie und griff darin nach seiner Hypopistole. Für ihn war das eine vertraute Szenerie, dennoch spürte er Mitleid.

Derai fühlte mehr. Eine Flut aus Gedanken und widerstreitenden Gefühlen erzeugte ein Rauschen geistiger Klänge und unfassbarer Gewalt. Eine Menschenmenge, die in der Beengtheit eines kleinen Raumes aus vollen Kehlen schrie. Und trotzdem konnte sie das entsetzliche, tonlose, blindwütige Kreischen hören.

Es hören und es wiedergeben.

»Derai!« Johan war bleich vor Anspannung. »Hör auf! Bitte hör auf!«

»Geben Sie ihr irgendwas.« Ustar ließ ihre Hände los und wandte sich an den Arzt. »Irgendwas, um sie ruhigzustellen. Beeilen Sie sich, Mann!«

»Ja, Mylord.« Trudo trat vor, die Hypopistole in seiner Hand. Er hielt inne, als jemand von der Tür aus das Wort erhob.

»Kann ich behilflich sein?« Regor stand gerade eben in der Kammer und beherrschte augenblicklich den Raum. Er war hochgewachsen, selbstbeherrscht, eine stattliche Erscheinung in seiner scharlachroten Robe, das Siegel des Cyclan schmückend auf seiner Brust. Er war höflich, sein Ton die übliche ausgeglichene Modulation, aber er konnte nicht ignoriert werden. Er trat vor, wies den Arzt auf eine Seite, nahm Ustars Platz am Bett ein. Er streckte seine Arme aus und legte seine Hände dem Mädchen auf beide Seiten des Kopfes. Aus dem Schatten seiner Kapuze starrte er in ihr Gesicht. »Schauen Sie mich an!«, sagte er. »Schauen Sie mich an!«

Ihre Augen waren wild, unfokussiert, ihre Muskeln starr vor Hysterie.

»Schauen Sie mich an!«, sagte er erneut und seine Finger bewegten sich geschickt an ihrer Schädelbasis. »Schauen Sie mich an! Schauen Sie mich an! Ich werde Ihnen helfen, aber Sie müssen mich anschauen!« Zuversicht. Sicherheit. Die absolute Überzeugung, dass das, was er tat, richtig war. Die Kraft seiner zielgerichteten Gedanken überwältigte den Lärm und die Verwirrung, trieb das blindwütige Kreischen zurück in das allgemeine Rauschen geistiger Klänge.

Derai hörte auf zu schreien. Sie entspannte sich ein wenig, fand seine Augen, erkannte sein Verlangen zu helfen.

»Sie werden sich entspannen«, sagte er sanft. »Sie werden aufhören, sich zu fürchten. Sie werden mir vertrauen, dass ich dafür sorge, dass Ihnen kein Leid zugefügt wird. Sie werden sich entspannen«, sagte er wieder. »Sie werden sich entspannen.«

Sie seufzte und gehorchte. Von ihnen allen war der Cyber der Beruhigendste. Sogar mehr noch als ihr Vater, da seine Gedanken von einer Patina aus Gefühlen befleckt waren, der Cyber hingegen keine hatte. Regor war auf kühle Weise präzise. Er betrachtete sie, dachte sie traumverloren, als Eigentum. Ein seltenes und wertvolles Beispiel biologischen Konstruktionswesens. Und dann, plötzlich, erinnerte sie sich an das Cyclan-College und den Grund, weshalb sie weggelaufen war.

* * *

Trudo packte langsam seinen Koffer. Der war alt, abgenutzt, die Verschlüsse neigten dazu zu klemmen, aber er war vertraut und mit vielen Erinnerungen verbunden und er zögerte, ihn gegen einen anderen auszutauschen. Er überprüfte die Hypopistole und schob sie an ihren Platz. Sie war auch alt, der Lauf abgenutzt, die Kalibrierung nicht so fein, wie er es sich gewünscht hätte. Johan hatte sie ihm zum Geschenk gemacht anlässlich Derais Geburt.

Er blickte dorthin, wo sie auf dem Bett lag. Still nun, betäubt, ruhiggestellt in künstlichen Schlaf. Ihr Haar glänzte, als es einen Kranz um ihr Gesicht bildete. *Sie sieht so jung aus*, dachte er, *so hilflos*. Aber Erscheinungen waren trügerisch. Sie war älter, als sie aussah, und weit davon entfernt, wehrlos zu sein. Verletzlich, vielleicht, aber das war zum Teil ihre eigene Schuld. Hätte ihre Mutter überlebt, hätten die Dinge anders sein können. Aber ihre Mutter hatte nicht überlebt und er erinnerte sich nicht gerne an die schreckliche Nacht, als er sie hatte sterben sehen.

Und dennoch hatte Johan ihm das Geschenk gemacht. Ein anderer Lord hätte ihn mit einer Schlinge um den Hals vom Turm geworfen. Emil beispielsweise oder dessen Sohn. Doch Ustars Mutter war bei einem Flitterunfall gestorben, zehn Jahre nachdem dieser geboren wurde.

»Wir sollten etwas tun«, sagte Ustar. »Das darf nicht weitergehen.« Seine Stimme war hart, überzeugt.

»Was schlägst du vor?« Johan saß neben dem Bett, eine Hand die seiner Tochter berührend. Er fühlte sich und klang sehr alt. Seine Kehle verengte sich, als er sich an die Schreie erinnerte, das verzweifelte Beben, die beinahe unzusammenhängenden Geräusche, bevor der Arzt seine Medikamente eingesetzt hatte. Würde es so weitergehen wie zuvor? Wie lange würde sie sich an ihren Verstand klammern können?

»Es muss etwas geben«, sagte Ustar. »Eine Gehirnoperation, Lobotomie, etwas in der Art.« Er schaute zu dem Arzt. »Könnte so etwas gemacht werden?«

»Ja, Mylord.«

»Würde es sie von diesen Albträumen heilen?«

»Es würde zunächst einmal ihre Persönlichkeit verändern«, sagte der Doktor vorsichtig. »Es würde sie unempfindlich gegenüber Angst machen.«

»Bei allem Respekt, Mylord.« Regor trat vor. Eine scharlachrote Flamme in der weichen Beleuchtung des Raumes. »Es wäre ein Fehler, eine solche Operation zu versuchen«, sagte er ruhig. »Es würde zerstören, nicht erschaffen. Es gibt andere Lösungen für das Problem.«

»So wie euer College, Cyber?« Ustar unternahm keinen Versuch, seinen Hohn zu verbergen. »Sie scheinen nicht viel Erfolg gehabt zu haben.«

»Nichtsdestoweniger wäre es unklug, sich an ihrem Hirn zu schaffen zu machen.«

»Natürlich wäre es das«, sagte Emil. »Du bist müde«, sagte er zu seinem Sohn. »Ich schlage vor, wir ziehen uns zurück. Gute Nacht, Johan.«

In der Abgeschiedenheit seines Gemachs schaute er sein einziges Kind unheilvoll an. »Musst du dich wie ein vollkommener Narr benehmen?«

Ustar errötete.

»Du schlägst vor, an ihrem Gehirn zu operieren – wenn du das tust, zerstörst du die einzige Sache, die sie wertvoll macht. Und sie weiß, wie du fühlst. Glaubst du, so wirst du ihre Zuneigung als Braut gewinnen?«

»Muss ich sie heiraten?«

»Du hast keine Wahl – nicht wenn du hoffst, das Oberhaupt des Hauses Caldor zu werden.« Gereizt durchmaß Emil den Raum. Warum hatte er so einen Narren gezeugt? Welche Windung des Schicksal hatte seinen Samen so unfruchtbar gemacht, dass er praktisch zeugungsunfähig war? »Hör zu«, sagte er. »Die Dinge bewegen sich auf einen Höhepunkt zu. Entweder wir bleiben eines der herrschenden Häuser oder wir verlieren alles, was wir haben. Es ist eine Zeit für eine starke Führung. Du musst sie bereitstellen. Unterstützt«, ergänzte er, »durch meinen Rat.«

»Die Macht hinter dem Thron?« Ustar schaute zu seinem Vater. *Das ist es, was er will*, sagte er sich. *Das ist es, was er hofft zu erlangen: die eigentliche Herrschaft. Weil er sie niemals selber erlangen kann, muss er es über mich erreichen. Und das*, dachte er selbstgefällig, *macht mich ziemlich wichtig.* »Es gibt andere Wege«, sagte er. »Ich muss diesen Freak nicht heiraten. Der Alte Herr könnte sterben.«

»Und dann wäre Johan Oberhaupt des Hauses.« Emil war seinem Sohn voraus. »Oh, er könnte auch sterben – ich habe darüber nachgedacht. Aber was dann? Es würde mir niemals gestattet werden zu übernehmen. Es gibt zu viele eifersüchtige Verwandte, die dafür sorgen würden – nicht solange Derai die natürliche Erbin ist. Also würden sie sie unterstützen ... eine Frau«, sagte er. »Eine sanfte, schwache, nachgiebige Frau in Kontrolle über das Haus in einer Zeit, wenn es die volle Stärke eines Mannes braucht. Eines erwachsenen Mannes«, fügte er hinzu. »Eines mit Erfahrung und Geschick im politischen Rangieren.«

»Wenn Johan sterben würde«, sagte Ustar nachdenklich, »dann könnte Derai ebenso sterben.«

»Könnte sie«, gab Emil zu. »Aber nicht, bevor ihr geheiratet habt und sie dir ein Kind geschenkt hat. Du wärst dann in der Position des Regenten. Aber warum sie überhaupt töten? Warum sie nicht stattdessen verwenden?« Er durchmaß den Raum, ließ Ustar darüber nachdenken, kehrte dann zurück, um seinen Sohn anzustarren. »Du bist ein gut aussehender Mann«, sagte er leidenschaftslos. »Es sollte dir nicht schwerfallen, einem jungen Mädchen den Kopf zu verdrehen und ihr Herz zu gewinnen. Nicht, wenn die Belohnung so groß ist. Nicht, wenn du keine Rivalen hast.«

Ustar lächelte, war stolz auf sich selbst.

»Aber du musst deinen Geist kontrollieren«, warnte Emil. »Du musst denken und glauben, was du sagst.« Er zögerte, runzelte die

Stirn. »Dieser Name«, sagte er. »Als Derai in Regors Händen schrie und zappelte, rief sie etwas. Einen Namen.«

»Earl«, erinnerte sich Ustar.

»Der Name eines Mannes. Kennst du ihn?«

»Nein«, sagte Ustar. »Nicht persönlich. Aber sie reiste mit einem Mann, Earl Dumarest. Sein Name war auf der Passagierliste.« Er hielt inne, runzelte die Stirn. »Er hat sie zum Tor begleitet. Ich habe ihn gesehen. Irgendein billiger Reisender, der sich in ihre Gunst gelogen hat.«

Emil seufzte; würde der Narr niemals lernen, dass man einen Telepathen nicht belügen konnte? Aber die Information war beunruhigend. Er sagte das und Ustar zuckte die Schultern.

»Ein billiger Reisender«, wiederholte er. »Ein Nichts. Ein Niemand. Welche Bedeutung könnte er haben?«

»Sie rief seinen Namen«, betonte Emil. »In einem Moment akuter Sorge und Furcht rief sie seinen Namen. Es ist gut möglich, dass sie eine romantische Bindung zu dem Mann aufgebaut hat. In welchem Fall«, fügte er bedeutsam hinzu, »es klug für dich wäre, etwas dagegen zu tun.«

Ustar senkte seine Hand zu seinem Dolch.

»Das ist richtig«, sagte Emil. »Und bald.«

6

Lausary war eine Ansammlung von vielleicht dreißig Häusern, zwei Schuppen, einem Geschäft und etwas, was ein Treffpunkt der Gemeinde zu sein schien, mit einer breiten Veranda und einem niedrigen Turm, in dem eine Glocke schwang. Sie erreichten es eine Stunde nach Dämmerungsbeginn und schwebten dort, beobachtend.

»Es stimmt etwas nicht«, sagte Dumarest. Er verengte seine Augen gegen den grellen Schein der Sonne und schaute nach Osten. Lange Reihen angebauter Osphagen reichten bis zu einem niedrigen Grat zerbröckelten Gesteins. Nach Norden und Süden war es weitestgehend das Gleiche. Der Westen bot ordentliche Beete verschiedener Feldfrüchte, jedes Beet saß in seinem eigenen Staubecken. Nirgends war ein Lebenszeichen zu sehen.

»Es ist noch früh«, sagte Faine unsicher. »Vielleicht sind sie noch nicht auf.«

»Sie sind Farmer.« Dumarest beugte sich aus dem Flitter und blickte hinab auf einen kleinen Flecken freien Boden, der offenbar als Landefeld diente. »In einem Ort wie diesem wären sie beim ersten Tageslicht auf.« Er zog seinen Kopf herein und blickte den Piloten an. »Wann waren Sie zuletzt hier?«

»Vor einigen Wochen. Es war nachmittags.«

»Und davor?«

»Vor etwa drei Monaten. Ich kam hier entlang auf dem Weg nach Norden Richtung Major Peak. Sie können ihn dort drüben sehen.« Er zeigte nach Osten. »Das war früh am Morgen«, gab er zu. »Da waren sie auf und arbeiteten.« Er blickte zweifelnd auf das Dorf unter ihnen. »Was tun wir?«

»Wir landen.«

»Aber ...«

»Wir landen.«

Stille folgte auf das Abschalten des Motors. Eine tiefe, unnatürliche Stille für jedes Dorf. Selbst wenn es dort keine Hunde oder andere Tiere gab, hätte es Geräusche von irgendeiner Art geben müssen. Ein Lachen, ein Schnarchen, die Bewegung von Leuten, die für ihre Arbeit aufstehen. Hier gab es nichts.

»Mir gefällt das nicht«, sagte Faine. »Mir gefällt das überhaupt nicht.« Seine Stiefel machten knirschende Geräusche, als er neben Dumarest zum Stehen kam. In einer Hand trug er eine schwere Machete. Dumarest schaute zu der Klinge.

»Wofür ist die?«

»Geborgenheit«, gab der Pilot zu. Er starrte zu den stillen Behausungen. »Wenn sie von einem Schwarm übernommen worden wären«, sagte er, »würde wir es wissen. Man kann die verdammten Biester aus mehreren Metern Entfernung hören. Aber was sonst? Eine Seuche vielleicht?«

»Es gibt nur einen Weg, das herauszufinden«, sagte Dumarest. »Ich nehme diese Seite, Sie die andere. Schauen Sie in jedes Haus, jeden Raum. Wenn Sie etwas finden, rufen Sie.« Er trat vor und drehte sich dann um, als der Pilot sich nicht anschickte zu folgen. »Wollen Sie das alles mir überlassen?«

»Hm ... nein«, sagte Faine unwillig. Seine Machete machte ein pfeifendes Geräusch, als er sie durch die Luft schwang. »Ich schätze nicht.«

Die Häuser waren aus grobem Stein, zusammengehalten von einem Putz aus sandigem Schlamm, mit verschlungenen Osphagenstängeln überdacht und mit Blättern gedeckt. Die meisten Dächer mussten repariert werden und Strahlen des Sonnenlichts erhellten die inneren Räume. Die Möbel waren so primitiv wie die Häuser. Wenige Wände wiesen irgendeinen Versuch der Dekoration auf. Steinlampen, die Pflanzenöl verbrannten, waren die einzigen sichtbaren Lichtquellen. Die Häuser waren besser als Höhlen, aber nur gerade eben.

Alle waren leer.

»Nicht ein Lebenszeichen.« Faine schüttelte seinen Kopf, ratlos. »Ich verstehe es nicht. Nicht eine Leiche, nicht eine Nachricht, nichts. Aber das ganze verdammte Dorf ist verlassen.« Er stand dort, grübelte, dann: »Könnten sie einfach auf und davon gegangen sein? Hatten die Schnauze voll und sind einfach gegangen?«

»Wohin?«

»In eine andere Siedlung? Es gibt eine hinter Major Peak, etwa fünfundzwanzig Kilometer östlich. Es gibt eine andere im Süden, gut dreißig Kilometer von hier. Oder sie könnten sich entschieden haben, einen besseren Ort zu finden.«

»Und lassen alles zurück?« Dumarest schaute zu den stillen Häusern. »Nein«, sagte er. »Das ist nicht die Antwort. Leute gehen nicht davon und lassen alles zurück. Nicht wenn sie es vermeiden können.« Er ging voran zurück zum Landefeld und schaute dort auf den Boden. Faine folgte seinem Blick.

»Hey«, sagte der Pilot. »Der Boden ist ganz aufgewühlt. Es sieht aus, als wäre eine ganz schöne Gesellschaft hier gelandet.« Er beugte sich vor, berührte den Dreck. »Verbrannt. Das haben Raketen gemacht.« Automatisch schaute er nach oben. »Aus dem Weltraum«, sagte er. »Vielleicht Sklavenjäger?«

»Es ist möglich.«

»Nun«, sagte Faine, »wie geht es weiter?« Er schaute zu Dumarest. »Aber würden die alle mitgenommen haben? Da waren ein paar ziemlich alte Gestalten in dem Dorf. Hätten Sklavenjäger sich die Mühe gemacht, sie mitzunehmen?«

»Warum nicht?« Dumarest trat nach dem Dreck. »Es würde sie daran hindern zu plaudern.« Er traf seine Entscheidung. »Der Freund, nach dem ich suchte«, sagte er. »Sein Name war King. Caleb King. Wissen Sie, welches sein Haus war?«

»Der alte Caleb? Sicher weiß ich das.« Faine deutete mit der Machete. »Es ist das letzte auf der linken Seite, am Gemeindehaus vorbei. Das mit dem Schild über der Tür.« Er schüttelte seinen Kopf. »Armer alter Caleb. Er sagte mir mal, das Schild würde Glück bringen. Was man so Glück nennt!«

Das Haus war wie die anderen, schlammgebundener Stein mit einem durchhängenden Dach und einem Boden aus Erde. Es gab nur den einen Raum. Eine Liege mit einer dünnen, zerwühlten Decke stand in einer Ecke, ein Tisch und zwei Stühle in der Mitte. An einer Reihe hölzerner Haken hing Kleidung; ein Ofen stand neben einem dürftigen Vorrat Brennstoff. Regale voller verschiedener Utensilien und privater Gegenstände verliefen auf einer Seite der Tür. Eine Truhe, offen, stand am Fuß des Bettes.

Dumarest durchquerte den Raum und untersuchte sie. Sie enthielt ein Durcheinander aus Kleidung und sonst nichts. Er richtete sich auf und runzelte die Stirn, versuchte, ein passendes Gesicht zu dem Namen zu finden, der hier gelebt hatte.

Er war alt; das war die einzige Sache, der er sich sicher sein konnte. Der Rest war nichts als ein Gerücht, ein Wort, das im Aufenthaltsraum eines Schiffes aufgeschnappt wurde – ein Fetzen Tratsch, ausgebaut, um die müßigen Stunden zu vertreiben. Ein Mann, hatte der Sprecher beharrt, der behauptete, Wissen über die legendäre Erde zu haben. Ein Witz, natürlich; was sonst sollte es sein? Etwas, um es zu hören, zu lachen und zu vergessen. Dumarest hatte nicht vergessen.

Aber er war zu spät eingetroffen.

Er trat vor, lehnte sich gegen das Bett, suchte die gegenüberliegende Seite ab. Er fand nichts, aber als er sein Gewicht verlagerte, stieß sein Fuß gegen etwas unter der Liege. Er hob sie an und warf sie zu einer Seite. Eine hölzerne Falltür zeichnete sich in dem Dreck ab. Er packte den Griff, hievte, hievte erneut, die Adern traten auf seiner Stirn hervor. Etwas zerbrach und die Klappe flog auf. Frisch gebrochenes Holz war an einer Kante zu sehen. In seiner Ungeduld hatte er das grobe Schloss zerbrochen.

Eine kurze Treppe führte hinab in einen rund einen Meter achtzig hohen, quadratischen Raum mit drei Meter langen Wänden. Er stoppte und versuchte, ihn in dem diffusen Licht zu untersuchen. Es war nicht genug. Er kehrte nach oben zurück, fand und entzündete eine Steinlampe. Der Docht rauchte und das Öl stank, doch sie erfüllte ihre Aufgabe. Der Keller war gesäumt von Krügen voll ausgedörrtem Schlamm, von denen der kränklich-süße Geruch vergärenden Honigs aufstieg. *Der Weinkeller des alten Mannes*, dachte er, *aber warum versteckt er ihn hier unten?*

Die Antwort kam ihm, als er nach oben zurückkehrte. Die Sonne brannte bereits mit nacktem Zorn und verwandelte das Innere des Hauses in einen Backofen. Hefe konnte bei solchen Temperaturen nicht leben. Der Keller war nicht mehr als eine Maßnahme, um eine geeignete Umgebung für die lebenden Zellen zu bieten.

Enttäuscht schloss Dumarest die Klappe und trat auf die Tür zu. Ein Sonnenstrahl schien von einem Stück polierten Metall wider und erhellte einen Flecken neben der Tür. In einen Stein geritzt, zackig, als habe man sie in Eile gemacht, ohne Proportionen, als sei sie bei Nacht gezeichnet worden, fand sich eine sonderbare Abbildung. Dumarest erkannte das Symbol sofort.

Das Siegel des Cyclan.

* * *

Er verließ das Haus. Faine war nirgendwo zu sehen. Dumarest ging schnell auf das Landefeld zu, entspannte sich, als er die Maschine sah. Er sah den Piloten, als er den Flitter erreichte; der Mann stand am Rand der Osphagenreihe. Während Dumarest zuschaute, schwang Faine seinen Arm, das Sonnenlicht brach sich an der Machete und eine große Blüte fiel zu Boden. Faine spießte sie mit der Spitze des großen Messers auf, hob sie auf seine Schulter und trug sie zurück zum Feld. Er grinste, als er Dumarest sah.

»Ich besorge uns nur etwas Frühstück«, erklärte er. Er warf die abgetrennte Blüte auf den Boden. »Diese ist so weit gereift, um gegessen zu werden.« Mit der Machete hackte er den Rand aus Blütenblättern ab und entblößte das Innere der Blume. Einige hellgrüne Insekten waren in einem Nest aus Fasern gefangen. »Sie kriechen hinein, um zu fressen«, sagte der Pilot. »Nachts riechen die Blüten wie verrückt. Diese Dinger werden angelockt. Sie klettern hinein und werden durch den Duft bewusstlos.« Er trennte den gesamten oberen Teil ab. »Ich nehme an, es ist ein Fall, in dem der Möchtegernbeißer gebissen wird.« Er schwang die Klinge erneut und reichte Dumarest einen Teil dicken, saftigen Fruchtfleischs. »Nur zu!«, drängte er. »Es ist gut.«

Es schmeckte nach einer Mischung aus Pfirsich, Traube und würziger Orange. Die Konsistenz war die einer Melone. Es stillte den Durst und sättigte den Magen, obwohl der Nährwert vermutlich niedrig war.

»Die Bienen essen sie die ganze Zeit«, sagte Faine und trennte sich noch ein Stück ab. »Die Siedler, jeder, der sie bekommen kann. Für Menschen muss sie gerade reif sein oder sie schmeckt wie Dreck und isst sich wie Leder. Zwei Tage«, fügte er hinzu. »Das ist das Maximum. Zu früh und sie ist roh. Zu spät und sie ist verfault. Wollen Sie etwas mehr?«

Dumarest aß, seine Augen nachdenklich. »Sagen Sie mir«, sagte er. »Der alte Caleb, kannten Sie ihn gut?«

»So gut, wie Sie je jemanden in den Freilanden kennen können.« Faine blickte auf seine Hände. Sie waren vom Saft klebrig. Er rieb sie an der Vorderseite seines Overalls ab. »Warum?«

»Hat er je mit Ihnen geredet? Über seine Vergangenheit, meine ich. Oder hat er immer hier gelebt?«

»Nein. Er kam vor einer Weile an. Hat nie viel gesagt, aber meine Vermutung ist, dass er viel gereist ist. Darum habe ich gefragt«, sagte er. »Ich dachte, Sie zwei hätten sich in der Vergangenheit irgendwo getroffen.«

»Wir haben uns nie getroffen«, sagte Dumarest. Er nahm eine Handvoll Dreck auf und rieb ihn zwischen seinen Fingern, um seine Hände vom Saft zu reinigen. »Ist jemals jemand nach ihm gucken gekommen? Alte Freunde vielleicht?«

»Nicht dass ich wüsste.« Faine schaute zu dem verlassenen Dorf. »Sind Sie hier fertig?«

Dumarest blickte in den Himmel. Die Sonne näherte sich ihrem Zenit; die Suche hatte länger gedauert, als er gedacht hatte. »Ich bin fertig«, sagte er. »Wir können nun genauso gut zurückkehren.« Er sah zu, wie der Pilot zu dem Flitter ging, die Kabinentür öffnete, das Innere durchstöberte, um mit einem leeren Sack wieder zu erscheinen. Er warf ihn über eine Schulter und begann fortzugehen. »Wohin gehen Sie?«

»Ich will nur ein paar Blüten einsammeln.« Faine rechtfertigte sich. »Meine Frau hat sie gern und ich mag es, ihr welche zu besorgen, wenn ich die Chance habe.« Er nickte zu den leeren Häusern. »Ich nehme nicht an, dass sich jemand beschweren wird.«

»Nein«, sagte Dumarest. »Vermutlich nicht.«

»Ich werde nicht lange fort sein.« Faine deutete mit der Machete und ging auf die Osphagen zu. Dumarest saß auf der Schwelle der offenen Tür.

Es war eine weitere vergeudete Reise gewesen. Mehr Zeit und Geld verschwendet auf einer fruchtlosen Suche nach jemandem, der konkretes Wissen über die Lage der Erde haben könnte. Der Planet existierte, das wusste er, aber wo er genau in der Galaxis lag, war etwas, das unmöglich herauszufinden war. Fast unmöglich, erinnerte er sich. Die Information existierte – es war nur die Frage, sie zu finden.

Er streckte sich, spürte die Hitze der Sonne, die auf seinem ungeschützten Kopf und den Händen brannte, das raue Hemd, die Hose und die Stiefel, die seinen Körper bedeckten. Die Sonne war zu hell. Sie reflektierte vom Boden in endlosem Funkeln und Schimmern, als ob der sandige Boden einen hohen Silikatanteil habe. Er hob seinen Kopf und starrte auf das Dorf. Die Hütten enthielten einfaches Einmachzubehör. Das Gemeindehaus enthielt eine kleine Krankenstation, einen Erholungsbereich und einen Ort, wo Leute, so nahm er an, beten konnten. Das war vielleicht der Grund für die Glocke.

Ein eigenartiges Leben, dachte er. Die Osphagen ernten, sowie sie reif wurden, die Hüllblätter von dem kleinen, wertvollen Kern abziehen, schneiden, einmachen, sterilisieren und den Kern für späteren Verzehr versiegeln. Leben mit den Hüllblättern als Treibstoff, den Steinen als Baumaterial, den Fasern als Kleidung. Ein hartes, raues, unsicheres Leben, gefußt auf einer unsicheren Ökonomie. Aber für diese Leute war es vorbei.

Wenn Faine in seiner Annahme richtiglag, waren sie nun entweder tot oder Sklaven.

Es war denkbar. Sklavenjäger waren dafür bekannt, so zu arbeiten. Vom Himmel herabzustoßen, eine ganze Gemeinde mit Schlafgas zu betäuben, ihre Auswahl an verkäuflichem Fleisch zu treffen und so leise zu verschwinden, wie sie gekommen waren. Aber hier? Wo Arbeitskraft so zahlreich und so billig war? Irgendwie bezweifelte er es. Ebenso, dass ein Sklavenjäger eine gesamte Bevölkerung genommen hätte, egal wie klein die war. Es gab günstigere Wege, einem Mann den Mund zu stopfen, als ihn ins All zu bringen.

Er streckte sich erneut und verspannte sich dann, als etwas in der Luft ein hässliches, reißendes Geräusch machte. Er erhob sich und hörte es erneut, schnappte einen flüchtigen Blick von etwas rot Leuchtendem auf. Das Geräusch erklang ein drittes Mal und es gelang ihm, diesem mit den Augen zu folgen. Er blickte zurück und war halb im Flitter, die Tür zuschwingend, als ihm Faine einfiel.

Der Mann war weit inmitten der Osphagen und untersuchte kritisch eine frisch geschnittene Blüte. Die Klinge seiner Machete war nass vor Saft, der Sack vor seinen Füßen ausgefüllt von abgezogenen Kernen.

»Faine!« Dumarest rief, so laut er konnte. »Faine! Kommen Sie hierher zurück! Schnell!«

Der Pilot schaute auf.

»Schnell, Sie Narr! Laufen Sie!«

Faine blickte zu Dumarest, blickte an ihm vorbei, ließ die Blüte fallen und rannte durch die Osphagen zurück zum Flitter. Er erreichte Dumarest, passierte ihn, die Augen weit vor Schrecken, der Atem ein keuchendes Kratzen. Einige Meter vor der Maschine stolperte er und fiel, die Machete flog aus seiner Hand.

Dumarest ergriff sie, als der Schwarm eintraf.

Sie kamen mit einem boshaften Summen der Flügel, groß wie Spatzen, rot wie Flammen. Riesige, mutierte Bienen mit Stacheln krumm wie Säbel, mit Mandibeln, die durch gegerbtes Leder scheren konnten. Innerhalb von Sekunden füllten sie den Himmel. Zwischen ihnen kämpfte Dumarest um sein Leben.

Er spürte einen Schlag gegen seine Schulter. Einen anderen in der Nierengegend. Zwei weitere gegen seine Brust. Der feste, aus Metall gesponnene Stoff seiner Kleidung war sicher gegen Bisse und Stiche. Er duckte sich, als feingliedrige Beine durch sein Gesicht zogen, schlug mit der Machete zu, versuchte, den direkten Bereich um seinen Kopf zu klären. Die Klinge war zu lang, zu unhandlich. Er ließ sie fallen und versteifte seine Finger, hieb mit den Kanten zu, taumelte, duckte sich, zersplitterte rotes Chitin, als er Insekten aus der Luft schmetterte.

Ihre Größe war gegen sie. Wären sie kleiner gewesen, hätte keiner der Männer eine Chance gehabt. Aber sie waren groß, schwer.

Sie brauchten Luftraum und Platz, um zu manövrieren. Nur recht wenige konnten auf einmal angreifen und diese wenigen hatten ein verlockenderes Ziel als Dumarest.

Faine schrie, als sich eine Wolke aus Bienen auf seinen saftbefleckten Overall niederließ. Er schlug nach ihnen, schrie, als andere sich auf seinem Kopf niederließen. Taumelnd drosch er um sich, eine lebende Säule aus kriechendem Rot, unfähig, sich zu verteidigen. Dumarest erkannte mit übelkeiterregendem Schrecken, dass die Bienen den Mann buchstäblich bei lebendigem Leib verspeisten.

Er stürzte vor, griff den Piloten, rammte ihn hart gegen seine Brust. Zerquetschte Insekten fielen zu Boden. Er schlug die anderen, hieb sie vom Kopf des Mannes, wandte sich um und stürzte auf die offene Tür des Flitters zu. Der Pilot schrie, als Dumarest ihn in die Kabine warf, schrie erneut, als er auf den Beifahrersitz gerollt wurde. Dumarest schlug die Tür zu und schlug brutal nach den Bienen, die im Inneren gefangen waren. Als die letzte gefallen war, schaute er zu dem anderen Mann.

Faine war in schlechter Verfassung. Sein Gesicht war schrecklich geschwollen, aufgequollen, sodass sich die Augen hinter Gewebefalten befanden, eine Flüssigkeit sickerte zwischen den Falten hindurch. Das Fleisch seines Gesichts, Nacken und oberer Brust war eine Masse gerissener und blutender Wunden. Seine Hände waren aufgequollene Monstrositäten. Der Pilot war bis an die Schwelle des Todes gebissen und gestochen worden.

Dumarest sah sich um. In der Unordnung der Kabine entdeckte er nichts, was einem Erste-Hilfe-Set ähnelte. Er riss eine Schranktür auf und schmiss eine Bedienungsanleitung zur Seite. Eine Box enthielt nichts als etwas Werkzeug. Neben ihm zuckte Faine und machte kreischende Geräusche.

»Wo ist es?«, rief Dumarest. »Das Erste-Hife-Set – wo bewahren Sie es auf?«

Es war verschwendete Zeit. Falls Faine ihn hören konnte, konnte er ihm nicht antworten, nicht wo seine Kehle in diesem Zustand war. Und doch versuchte er zu reden. Es erforderte keine Vorstellungskraft, um zu erkennen, was er sagte. Ein Mann in dieser Hölle aus Schmerzen würde nur einen Gedanken haben.

Dumarest zögerte. Er konnte die Halsschlagader zudrücken und so die Blutzufuhr zum Gehirn abschneiden. Das würde schnell Bewusstlosigkeit bringen, aber es konnte, mit dem Insektengift, das im Blutkreislauf zirkulierte, gefährlich sein. Und doch hatte er keine Wahl. Die Haut von Gesicht und Kopf war so angeschwollen, dass es unmöglich sein würde, einen effektiven Schlag zu landen.

Nachdem er den Piloten von seinen Schmerzen erlöst hatte, starrte Dumarest auf die Kontrollen. Die Maschine war primitiv und die Instrumente unvertraut, aber er hatte Faine beobachtet und wusste, was zu tun war. Der Motor startete mit einem Dröhnen. Der Druck der Rotoren nach unten trieb die kriechende Masse an Bienen vom Verdeck, sodass er hinausblicken konnte. Der Schwarm war inmitten der Osphagen beschäftigt. Vielleicht kamen sie in regelmäßigen Abständen. Vielleicht diente die Glocke auf dem Gemeindehaus als Warnung, sodass die Bewohner in Deckung gehen konnten. Oder vielleicht war dies ein abtrünniger Schwarm auf der Suche nach einem Nest.

Falls dem so war, hatte er nun eines gefunden. Das Dorf hatte einiges zu bieten.

Dumarest bediente vorsichtig die Kontrollen, die Rotoren drehten sich schneller. Der Flitter ruckte und hob schließlich ab, knarzte, als Dumarest ihn hinauf und fort von dem Dorf schickte. Er suchte den Horizont ab und schaute nach dem gedrungenen Turm von Major Peak. Faine hatte gesagt, da sei eine Siedlung fünfundzwanzig Kilometer dahinter. Sie würden eine Krankenstation haben und Einrichtungen, um den Piloten zu behandeln. Ohne vernünftige Behandlung würde dieser sterben.

Bei seinem zweiten Schlenker um das Dorf machte Dumarest den Gipfel aus und ließ den Flitter darauf zudröhnen. Die Maschine war launisch. Sie verlangte seine volle Konzentration. Die Thermik, die von der Wüste aufstieg, ließ sie abgleiten, rattern, die Rotoren klagten, als sie die Luft aufwühlten. Aber sie flog und das war alles, was zählte.

Hinten in der Kabine bewegte sich etwas. So groß wie ein Spatz, so rot wie eine Flamme, hob es seinen zerbrochenen Körper und breitete seine unversehrten Flügel aus. Es war verletzt, es starb, aber der Instinkt trieb es dem Feind entgegen. Das Summen seiner Flügel verlor sich im Dröhnen des Motors. Es landete in Dumarests Nacken.

Er spürte es, erriet, was es war, schlug verzweifelt nach dem Insekt. Er zerquetschte es zwischen seinen Fingern, aber der Schaden war angerichtet. Schmerz, wie ein ätzender Fluss kochender Säure, floss von dort, wo er den Stich gespürt hatte, nahe an seine Wirbelsäule heran. Für einen Moment wurde die Welt rot vor Qual.

Nur für einen Moment, doch es genügte. Der Flitter war nahe an Major Peak, unruhig in der aufsteigenden Thermik. Er wich vom Kurs ab, als Dumarest die Kontrolle verlor, gierte erneut, als er darum kämpfte, sie zurückzuerlangen. Ein Rotor, bereits geschwächt, zerbrach unter der Belastung. Wie ein verletzter Vogel stürzte der Flitter an den Fuß des Gipfels.

Dumarest ließ die Kontrollen los, rollte seinen Körper zu einer Kugel zusammen, jeden Muskel entspannt. Er klemmte sich eng zwischen den Sitz und das Armaturenbrett. Der Flitter schlug auf, prallte ab, jagte den Abhang hinab und überschlug sich am Boden. Er drehte sich, als er auf einen Felsen prallte, das Verdeck zersplitterte in eine Millionen kristalliner Scherben. Die Luft war von einem beißenden Geruch erfüllt.

Dumarest roch es und rappelte sich auf. Er bückte sich, packte Faine am Kragen und zog den Mann aus dem Wrack. Er hatte nur einige Meter zurückgelegt, als das primitive Destillat, das als Treibstoff verwendet wurde, auf den heißen Auspuff traf. Er sah den Blitz, spürte wie eine riesige Hand ihn vorwärts und zu Boden stieß, hörte das düstere Getöse sich ausbreitenden Gases.

Er drehte sich und schaute zurück zu dem Flitter. Der war eine Masse rauchender Flammen, dicke Asche trieb aus der hervorsteigenden Säule und fiel herab wie Flocken dreckigen grauen Schnees. Der Pilot lag auf einer Seite. Dumarest kroch zu ihm, drehte ihn um. Ein Stück schartiges Metall war in seinem Schädel begraben.

Immerhin, für Faine waren alle Sorgen vorüber.

7

Dumarest erwachte zitternd. Für einen Augenblick glaubte er, niedrig zu reisen, dass die Induktionsspulen seinen Körper erst noch wärmen müssten, dass sich der Deckel erst noch heben müsste, um ihm den Betreuer mit seiner dampfenden Tasse Basic zu zeigen. Selbst der Glanz vor seinen Augen schien das diffuse Licht der ultravioletten Röhren in der Kälteregion des Schiffes zu sein. Dann blinzelte er und aus dem Glanz wurden Sterne, so hell und so silbern wie das Haar einer Frau. Einer ganz besonderen Frau. »Derai«, sagte Dumarest. »Derai!« Es war ein weiteres Trugbild. Die Sterne waren Sterne, keine Haare. Der Boden war steiniger Dreck, nicht die pneumatische Matratze eines Schiffes. Er wandte sich um und sah einen Mann neben sich sitzen, das Sternenlicht blass auf seinem Gesicht.

»Sie sind also wach«, sagte Sar Eldon. »Wie fühlen Sie sich?«

Dumarest setzte sich aufrecht hin, bevor er antwortete. Er fühlte sich zerschlagen, etwas benommen und hatte einen unbändigen Durst. Er sagte das und der Glücksspieler lachte.

»Ich dachte mir, dass Sie den hätten. Hunger auch, wette ich. Richtig?«

»Richtig.«

»Wir kümmern uns später darum«, sagte Eldon. »Hier ist etwas Wasser.« Er hielt die Feldflasche, während Dumarest trank. »Wie fühlen Sie sich sonst?«

»Mir geht es gut«, sagte Dumarest. Er schaute dorthin, wo eine Gruppe Männer um ein rauchloses Feuer saß. Ein Kochherd, nahm er an, von den Gerüchen her zu schließen, die zu seiner Nase wehten. »Wie bin ich hierher gekommen?«

»Wir haben Sie gefunden. Wir sahen den Rauch und beschlossen, das zu untersuchen. Sie waren in ziemlich schlechter Verfassung. Sie waren gestochen worden, und das an einer schlechten Stelle. Ein, zwei Zentimeter weiter links, direkt in die Wirbelsäule, und Sie wären sicher tot. Sie hatten außerdem zum Frühstück Osphagen gegessen. Das Zeug ist ein Narkotikum und kann unangenehm sein. Sie hatten Glück.«

Dumarest nickte, erinnerte sich.

»Was ist passiert?«, fragte der Spieler neugierig. »Haben Sie jemanden verärgert und wurden ausgesetzt? Ist eine Angewohnheit, die einige der jungen Burschen haben«, erklärte er. »Eine, die sie sehr mögen. Sie finden es amüsant. Sie schnappen sich jemanden, den sie nicht mögen, und setzen ihn in den Freilanden aus. Wenn die Bienen ihn nicht erwischen, wird etwas anderes es tun. So wie es beinahe Sie erwischt hat«, betonte er. »Es hat zwei Tage gedauert, Sie wieder in Form zu bringen.«

»Zwei Tage? Hier?«

»Das stimmt.« Sar verschränkte seine Finger um seine Knie und lehnte sich zurück, blickte in den Himmel. »Wollen Sie mir erzählen, was passiert ist?«

Dumarest erzählte es ihm. Der Spieler stieß einen Pfiff aus. »Da haben sie aber gewaltiges Pech gehabt«, sagte er.

»Nein«, sagte Dumarest. »Das würde ich nicht sagen. Dass Sie mich gefunden haben, war kein Pech. Nicht für mich.« Er griff nach der Feldflasche. »Und Sie? Was machen Sie hier draußen?«

»Arbeiten.« Eldon wartete, während Dumarest trank. »Wir haben die Chance ergriffen, einen Batzen zu verdienen, der groß genug ist, um diesen lausigen Planeten zu verlassen. Sie bekommen einen Anteil von dem, was wir kriegen.«

»Warum ich?«

»Wenn Sie nicht gewesen wären, würden wir alle hinten auf dem Feld verhungern. Das oder wir hätten uns auch für die Aussicht, etwas Gewinn zu machen, verkauft.«

Dumarest wartete ab.

»Haben Sie irgendetwas über die Wirtschaft auf dieser Welt gelernt?« Eldon wartete auf eine Antwort. »Sie produzieren nur eines von wirklichem Wert. Sie nennen es Ambrosaira – sie ist das Gelée royale der mutierten Bienen. Normalerweise ernten sie es aus ihren eigenen Stöcken; das ist, was der Hausi wollte, Arbeitskraft für den Job, aber manche Bienen gehören keinem der Häuser. Das sind jene in den Freilanden. Wild, schwärmen, wann und wohin sie wollen, nisten sich überall ein. Und sie sind gefährlich.«

»Ich bin ihnen begegnet«, erinnerte Dumarest ihn. »Sie auch?«

»Nein.«

»Irgendeiner der anderen?«

»Wir haben einen Mann, der bei einer normalen Ernte gearbeitet hat. Das hier war seine Idee und er weiß, was zu tun ist.« Sar wandte sich um, sein Gesicht gierig. »Hören Sie«, verlangte er. »Kennen Sie den Wert von dem Zeug? Händler laden sich mit Gerümpel voll, nur um ein kleines bisschen davon zu bekommen. Alles, was wir tun müssen, ist ein Nest finden, es vergasen, aufschneiden und uns bedienen.«

»Einfach«, stimmte Dumarest zu. Er dachte an Faine. »Wenn es so einfach ist, warum machen es dann nicht auch andere? Warum sollten sie so viel Beute herumliegen lassen?«

»Die Häuser«, sagte Eldon schnell. »Sie wollen nicht, dass irgendjemand außer ihnen Ambrosaira sammelt. Sie wollen das Monopol behalten.«

»Warum gehen sie dem dann nicht als ein Team nach?« Dumarest runzelte die Stirn, dachte nach. »Hier stimmt etwas nicht«, sagte er. »Es kann nicht so einfach sein, wie Sie es darstellen. Nur, was ist der Haken? Wer hat Sie überhaupt auf die Idee gebracht?«

»Ich sagte es Ihnen. Wir haben einen Mann bei uns, der bei anderen Ernten gearbeitet hat.«

»Hatte er Geld, um euch zu unterstützen?«

Eldon antwortete nicht.

»Jemand muss es gehabt haben«, beharrte Dumarest. »Sie hatten kein Geld für Ausrüstung und Transport, als Sie das Feld verließen. Keiner von Ihnen hatte das. Also muss jemand den Einsatz für Sie gemacht haben. Wer ist es? Der Hausi?«

»Er hat die Ausrüstung zur Verfügung gestellt«, gab der Spieler zu. »Den Transport auch. Er kommt zu uns raus, wenn wir das Signal geben. Aber er wird das Gelée nicht kaufen.«

»Wer dann?«

»Ein Händler. Scuto Dakarti. Er wird alles Gelée kaufen, das wir liefern können. Bargeld und keine Fragen.«

»Auch keine Verantwortung«, hob Dumarest hervor. »Ich nehme an, er hat Ihnen gesagt, wie einfach alles sei. Er oder sein Vermittler. Wer zahlt für die Ausrüstungen, wenn Sie nichts finden?«

»Spielt das eine Rolle?« Der Spieler erhob sich auf seine Füße. »Wir hatten keine Wahl«, sagte er ruhig. »Also betrügen sie uns. Ich weiß es, wir alle wissen es, aber was können wir tun? Wenn wir das Gelée finden, wird es keine Rolle spielen. Wenn wir keines finden, schulden wir nur mehr Geld. Darum«, fügte er hinzu, »möchten wir, dass Sie mit uns zusammenarbeiten. Ein doppelter Anteil, wenn Sie es tun.«

Dumarest zögerte.

»Denken Sie darüber nach«, sagte der Spieler schnell. »Lassen Sie uns nun essen.« Er führte ihn zu dem Kochherd. Jemand reichte einen Teller voll Eintopf weiter. Eldon reichte ihn an Dumarest, nahm einen weiteren entgegen, setzte sich ein wenig abseits. Beide Männer aßen mit der Konzentration jener, die niemals sicher sind, wann sie das nächste Mal essen werden. »Dieser Schwarm«, sagte Eldon. »Der, von dem Sie mir erzählt haben. Denken Sie, er hat sich niedergelassen?«

»Das könnte sein. Das Dorf war leer und Faine sagte, sie mögen es, etwas Hohles zu finden, das sie als Nest verwenden können.« Dumarest schaute auf seinen leeren Teller. »Aber ich werde Sie dort nicht hinführen. Es hätte keinen Zweck«, erklärte er. »Wir brauchen ein fest eingerichtetes Nest mit einer bewährten Königin und einem guten Vorrat an Gelée.«

»Das ergibt Sinn«, sagte Eldon. »Wann fangen wir an zu suchen?«

Dumarest hielt seinen Teller für mehr Essen hin. »Später«, sagte er. »Wenn es hell wird.«

* * *

Vom Balkon aus wirkte der Hof sehr klein, die Gestalten marschierender Männer noch kleiner. *Wie Ameisen*, dachte Emil. *Wie die kleinen, grünen Mistkäfer, die sich um den Unrat auf Hive kümmern.* Ihre Tuniken kamen dem Vergleich entgegen. Grün und silbern marschierten sie hin und zurück, durchliefen Übungen, die schon lange ihre Bedeutung verloren hatten, lernten Lektionen für einen Krieg, der niemals geführten werden konnte.

Und jeder, dachte Emil, *kostet Geld. Viel Geld.*

»Sie marschieren gut, Mylord.« Der Cyber stand aufrecht neben Emil in seiner scharlachroten Robe, wie ein Spritzer lebender Farbe vor den von der Zeit abgegriffenen Steinen.

»Das sollten sie auch.« Emil war brüsk. »Sie haben wenig anderes zu tun.« Er wandte sich um, sich vage der dünnen Kommandorufe bewusst, die von dem Hof aufstiegen, der ordentlichen, mechanischen Bewegungen der Männer bei ihrer Exerzierübung. Regor sollte ihre Disziplin zu schätzen wissen, dachte er. Er, eine lebende Maschine, würde eine Verbundenheit mit den Robotern dort unten haben. Er sagte das. Regor zögerte.

»Nein, Mylord. Bewegung ohne Zweck ist eine Verschwendung und gedankenloser Gehorsam gegenüber leeren Befehlen ist dumm. Der Cyclan hat für keines davon Zeit.«

»Du denkst, dies sei dumm?« Emil deutete auf die Männer unten im Hof.

»Ich denke, es ist unklug, wenn die Männer besser anderweitig eingesetzt werden könnten. Der prozentuale Anteil am Gesamteinkommen, der notwendig ist, um diese Männer in ihrer Untätigkeit zu halten, ist weit jenseits aller vernünftigen Verhältnisse. Sie sind eine Bürde, Mylord, die Euer Haus schwächt.«

»Also soll ich sie einfach auflösen?« Emil ließ seine Verachtung aufblitzen. »Caldor unbewaffnet und schutzlos lassen gegen seine Feinde? Ist es das, was du guten Rat nennst?«

»Ich beschäftigte mich mit Fakten, Mylord, nicht mit Rat. Jeder dieser Männer muss ernährt, untergebracht, unterrichtet, eingekleidet, mit Erholung und ärztlicher Behandlung versorgt werden. Was geben sie Euch im Gegenzug? Die leere Zurschaustellung hohler Macht. Ihr könnt aufgrund des Paktes nicht in den Krieg ziehen. Warum dann eine Armee unterhalten?«

Verstand, dachte Emil. *Kalte, gefühllose Logik. Vertraue darauf, dass dir ein Cyber das gibt. Was soll solch ein Mann auch von Stolz und Tradition verstehen? Und doch hat er recht in dem, was er sagt: Das Haus ist zu groß und das Land hat sich nicht mit der Familie erweitert. Aber die Alternative?*

»Gebt jedem Kopf in jedem Haushalt ein Grundstück, um es zu bebauen oder zu entwickeln, wie er will«, sagte Regor monoton. »Lasst jede Person für sich selber sorgen. Im Gegenzug zahlen sie Euch eine Grundrente für die Benutzung des Landes. Dies wird Caldor ein Einkommen sichern. Von der Notwendigkeit befreit, für alle zu sorgen, könnt Ihr Euch auf die Politik konzentrieren. Die Loyalität zum Haus wird sichern, dass Ihr in ein freies Parlament gewählt werdet. Einmal in der Regierung, werdet Ihr wirkliche Macht haben. Macht ohne Verantwortung.«

Aber keine Männer, kein Land, keinen Dolch als Rangabzeichen, der an seinem Gürtel schwang, keine Männer und Frauen, die eine Hand zum Gruß hoben oder knicksten, wenn er vorbeiging. Stattdessen wäre er ein Politiker, der um Stimmen bettelte. Bei den gleichen Leuten bettelte, über die er nun die Macht von Leben und Tod hielt!

»Nein«, sagte Emil. »Es muss einen anderen Weg geben. Hast du bei deinen Nachforschungen etwas gefunden?«

»Sehr wenig, Mylord.« Regor zögerte. »Es gibt eine seltsame Unstimmigkeit. Sie betrifft die Herrschaft Eures ... Vaters.«

»Der Alte Herr?« Emil runzelte die Stirn. »Was ist mit ihm?«

»Ich habe die früheren Aufzeichnungen überprüft, Mylord. Ihr werdet Euch erinnern, dass Ihr solch eine Suche in der Hoffnung angeordnet habt, etwas zu finden, was von Vorteil sein könnte. Während der Zeit der eigentlichen Herrschaft des aktuellen Oberhaupts des Hauses scheint ein bestimmter Prozentteil des Einkommens unerklärlicherweise verschwunden zu sein.«

»Gestohlen?« Emil funkelte den Cyber an. »Wagst du es, ihn des Diebstahls zu bezichtigen?«

»Ich machte keine Anschuldigung, Mylord. Aber die Fakten sind nicht zu bestreiten. Fünfzehn Prozent des Gesamteinkommens wurden in nicht näher benannte Guthaben umgeleitet.«

Fünfzehn Prozent – ziemlich viel! Emil wurde aufgeregt, als er darüber nachdachte. Der Alte Herr hatte aktiv für beinahe einhundert Jahre geherrscht. Die kompletten Einnahmen von fünfzehn Jahren! Geld genug, um Waffen zu kaufen, Söldner anzuheuern, Feinde zu bestechen, Freunde zu verleiten. Ein Vermögen, das, wenn es klug ausgegeben wurde, Caldor zum einzigen herrschenden Haus auf Hive machen konnte!

Wenn ihm gestattet war, es zu verwenden.

Wenn Johan, dem eigentlichen Erben, gestattet wurde, es zu verwenden.

Und, vor allem anderen, wenn der Alte Herr, der Einzige, der wusste, wo es war, überzeugt werden konnte, sein Geheimnis preiszugeben.

Der Alte Herr, der seit Jahren nicht in der Lage war zu kommunizieren!

* * *

Dumarest kniete, wartete ab. Vor ihnen erhob sich in einem kleinen Tal etwas Graues und Rundliches über den sandigen Boden. Es wirkte wie ein Felsen, von denen es in der nahen Umgebung Dutzende gab. Die Tarnung, dachte er, war hervorragend.

»Das?« Olaf Helgar, der Mann, der Erfahrung in der Ernte des Gelée royale hatte, blickte finster drein und schüttelte seinen Kopf. »Das ist kein Bienenstock.«

»Was haben Sie erwartet?« Dumarest sprach mit leiser Stimme, hielt seinen Körper versteckt. »Einen schönen, scharf geschnittenen, rechtwinkligen Bau? Sogar ich weiß, dass wilde Bienen ihr Nester so anlegen, wie er ihnen genehm ist. Jetzt passt auf! Diese Öffnung unter dem leichten Überhang. Das ist der Eingang.«

Er erstarrte, als eine scharlachrote Biene von irgendwo hinter ihnen heransummte, dort schwebte, landete und sich in den rhythmischen Mustern ihres »Nachrichtentanzes« bewegte. Das Brummen anderer, die dorthin flogen, wo sie das Signal gegeben hatte, klang wie das entfernte Summen eines Flitters.

»Wie gehen wir das an?«, flüsterte Eldon. Der Spieler wirkte bleich, aber entschlossen.

Helgar räusperte sich und schluckte. »Wir spannen Netze auf«, sagte er. »So haben sie das auf der Farm des Hauses gemacht. Eine Abdeckung aus Netzen, sodass die Bienen draußen nicht hineinkönnen. Dann setzen wir den Stock unter Gas und betäuben jene, die darin sind. Dann graben wir uns hinein, bis wir das Gelée finden.« Er hustete erneut. »Ich nehme an, das gleiche Vorgehen wird hier funktionieren.«

»Was denken Sie, Earl?«, suchte Eldon bei Dumarest Bestätigung.

»Wir werden starke Netze brauchen«, sagte Dumarest. »Und was ist mit Masken?«

»Haben wir.«

»Wählen Sie ein Team aus, das innerhalb der Netze arbeitet. Helgar und die anderen. Stellen Sie sicher, dass jeder gut bedeckt ist. Polstern Sie sich aus und lassen Sie keinen Zentimeter Haut ungeschützt.« Dumarest schaute zum Himmel. Er schien klar. »Haben Sie irgendwelche Waffen?« Eldon schüttelte seinen Kopf. »Was ist mit dem Kochherd? Kann er angepasst werden?«

»Ich nehme es an«, sagte der Spieler langsam. »Woran denken Sie, Earl?«

»Ich habe einen wilden Schwarm gesehen«, sagte Dumarest, »ich weiß, wie das ist. Normale Netze werden nicht lange standhalten. Wir brauchen etwas außerhalb, um sie fernzuhalten. Etwas wie einen Flammenwerfer. Vielleicht kann ich aus dem Herd einen machen.«

Er untersuchte ihn, als sich die anderen bereit machten. Der Brenner wurde von einem Druckgastank gespeist. Das Ventil war einstellbar. Er arbeitete daran, bis der Tank von seinem Gehäuse befreit war, aber noch immer an dem Rohr angeschlossen, das die Zufuhr zum Brenner bildete. Ein Stück Platinschwamm diente als Zünder, der Katalysator entzündete das Gas bei Kontakt. Er öffnete das Ventil und ein langer, dünner Flammenstrahl schoss empor. Dumarest nahm einen Stein auf und hämmerte vorsichtig auf die Düse. Als er es erneut versuchte, breiteten die Flammen sich in einen weiten Fächer aus. Zufrieden legte er die primitive Waffe beiseite.

Eldon kam von dort, wo die Männer gegenseitig ihre Ausrüstung überprüft hatten, herüber. Er wirkte grotesk in seinen Schichten verschiedener Kleidung. Auf seinem Gesicht unter der angehobenen Maske floss der Schweiß. Er reichte Dumarest eine Maske. »Die ist über«, sagte er. »Ziehen Sie die besser an.«

Dumarest justierte das plumpe Atemgerät aus Gewebe und Stoff.

»Wir sind alle bereit«, sagte der Spieler. Er klang nervös. »Ich denke, wir sind sicher genug. Olaf denkt das jedenfalls und er sollte es wissen.«

»Das stimmt«, sagt Dumarest. »Sollte er.« Er schaute dorthin, wo der Mann damit beschäftigt war, sein Netz einzusammeln. Nun, wo der Mann an etwas Vertrautem arbeitete, war er selbstsicherer geworden.

»In Ordnung«, sagte Olaf. »So gehen wir vor: Jene, die ich ausgewählt habe, kommen mit mir. Sobald wir den Stock erreicht haben, werfen die anderen die Netze. Überlasst das denen und kümmert euch nicht darum. Jene ohne Gastanks werden jeden Eingang blockieren, den sie finden können. Während sie dabei sind, wird der Rest von uns damit beschäftigt sein, das Gas hineinzuleiten. Wenn ich das Kommando gebe, fangen wir an zu graben. Überlasst das Sammeln des Gelées mir. Irgendwelche Fragen?«

»Was passiert, wenn die Bienen sich auf uns stürzen?«

»Ignoriert sie. Das Gas wird sie früh genug kriegen. Alle bereit?« Helgar senkte seine Maske. »Auf geht's!«

Dumarest blieb zurück, sah die anderen arbeiten. Abgesehen von einem Patzer zu Beginn arbeiteten sie reibungslos genug und die Netze erhoben sich und bildeten eine grobe Halbkugel über dem Nest und den Männern darin. Eldon kam zurück und gesellte sich zu ihm.

»Das ist es«, sagte er. »Wir können nun nichts tun, außer zu warten.«

»Es gibt schon eine Sache«, sagte Dumarest. Er streckte seine Hände in den schweren Handschuhen, die der Spieler ihm gegeben hatte. »Sie können den Flitter rufen. Ihn schnell nach hier draußen kriegen.«

»Bevor wir das Gelée haben?«

»Richtig.« Dumarest warf seinen Kopf in den Nacken, starrte zum Himmel hinauf, verengte seine Augen gegen das blendende Licht der Sonne. »Es dauert eine Zeit, hierher zu kommen«, erklärte er. »Wir könnten Glück haben, dann kann es warten. Aber schaffen Sie ihn her, einfach zur Sicherheit.«

Eldon war besorgt. »Sie erwarten Ärger?«

»Nicht direkt«, sagte Dumarest. »Aber lassen Sie uns keine Risiken eingehen. Es könnte sein, dass wir eilig von hier fortmüssen.« Er wandte sich um, als Eldon sich mit dem tragbaren Funkgerät beschäftigte, beobachtete die Männer im Inneren des Netzes. Helgar hatte sie gut organisiert. Gas stob aus Stutzen, die am Eingang des Bienenstocks befestigt waren. Während er zusah, schoss eine kleine Gruppe Bienen aus einem Eingang, den sie übersehen hatten. Olaf schwenkte seinen Stutzen auf sie zu, schickte sie auf den Boden. Andere traten sie in den Dreck.

Wieder suchte Dumarest den Himmel ab.

»Wonach schauen Sie?« Eldon steckte das Funkgerät weg. »Das hier ist einfach«, sagte er, wartete nicht auf eine Antwort, gebannt von den arbeitenden Männern. »Kinderleicht. Wir sollten wirklich in der Lage sein, hier abzuräumen.«

»Vielleicht.« Dumarest war nicht überzeugt. »Sehen Sie sich um«, sagte er. »Finden Sie einen Ort, an dem wir uns verstecken können, wenn wir müssen. Einen Ort, an dem die Bienen nicht an uns drankommen. Eine kleine Höhle, die blockiert werden kann, etwas in der Art.« Er ging zu den anderen Männern außerhalb des Netzes hinüber, die ebenfalls den Arbeitenden zusahen. »Besorgen Sie sich etwas, mit dem Sie zuschlagen können«, befahl er. »Etwas Starkes, das als Waffe verwendet werden kann. Und finden Sie einen Ort, an dem Sie Widerstand leisten können, wenn Sie müssen.« Sie zögerten, unwillig, sich zu bewegen. »Tun Sie es!«, blaffte er. »Diese Männer da drinnen verlassen sich auf uns, dass wir sie beschützen. Bewegen Sie sich!«

Im Inneren des Netzes waren die Männer schwer bei der Arbeit. Es regnete Dreck, als sie sich in den Stock gruben und eine Masse aus Honigwaben und betäubten Bienen freilegten. Rot mischte sich mit Grau, als der Schutt sich anhäufte. Das Gelb klebrigen Honigs verschmutzte Werkzeuge und Stiefel. Plötzlich rief Helgar den anderen einen Befehl zu.

»In Ordnung«, sagte er. »Lasst es jetzt ruhig angehen. Überlasst diesen Teil mir.«

Sie traten zurück, als er sich an die Arbeit machte. Außerhalb des Netzes reckten die anderen ihre Köpfe vor, vergaßen Dumarests Anweisungen, begierig zu sehen, was sie erbeutet hatten. Dumarest fing Eldon ab, hielt ihn zurück. »Bleiben Sie hier.«

»Aber ich will es sehen.«

»Bleiben Sie hier, Sie Narr!«

»Nein.« Der Glücksspieler riss seinen Arm los. »Ich will sehen, was wir gefunden haben«, sagte er stur. »Ich muss einen Blick darauf werfen.«

Er bewegte sich weg und Dumarest ließ ihn gehen. Er hatte getan, was er konnte. Erneut blickte er zum Himmel, wiegte den improvisierten Flammenwerfer in seinen Armen. Die Maske war heiß, stickig, aber er nahm sie nicht ab. Nicht dann und nicht Minuten später, als sich der Himmel plötzlich vor Bienen rot färbte.

8

Das Büro hatte sich nicht verändert. Der gleiche Schreibtisch, der Stuhl, die an die Wand geheftete Karte – eine bescheidene Fassade für einen Mann, der reicher war, als er andere glauben machen wollte. Ein Teil des üblichen Handwerkszeugs eines Hausi. Yamay Mbombo schaute von seinem Schreibtisch auf, als Dumarest den Raum betrat. »Also sind Sie zurück«, sagte er. »Die anderen?«

»Tot.«

»Alle?«

»Jeder Einzelne.« Müde sank Dumarest in den Stuhl. Seine Kleidung war verschmutzt, angefressen wie von den Zähnen einer gigantischen Säge, das Metallgewebe schimmerte durch die Plastikverkleidung. »Faine auch. Sein Flitter ist verbrannt. Sie können die Kaution genauso gut seiner Frau auszahlen. Ich werde nicht darum streiten.«

»Aber ich vielleicht.« Der Vermittler lehnte sich vor und ließ plötzlich die Zähne aufblitzen, weiß vor dem Ebenholzschwarz seiner Haut. »Sie sind auf meine Kosten gereist«, betonte er. »Und Sie hatten etwas Ärger mit meinem Piloten.«

»Er hat mich nicht erwartet«, sagte Dumarest. »Er schien mich nicht mitnehmen zu wollen. Ich musste ihn überzeugen, seine Meinung zu ändern.«

»Er sagte es mir«, sagte Yamay. »Über Funk, nachdem Sie ihn verlassen haben. Er hatte den Eindruck, dass Sie ihn getötet hätten, wenn er sich geweigert hätte.«

»Ja«, sagte Dumarest. »Das hätte ich vermutlich. Genau so, wie Sie diese armen Teufel getötet haben, die Sie auf die Jagd nach ihrem Gelée ausgeschickt haben.«

Der Vermittler widersprach sofort. »Nicht meines! Scuto Dakarti hat sie dazu gebracht.«

»Und Sie haben sie ausgestattet. Die ganze Zeit wissend, dass sie keine Chance hatten, damit durchzukommen.«

»Es war ein Risiko«, gab der Hausi zu. »Aber Eldon war ein Glücksspieler. Er wusste, dass die Chancen gegen ihn standen. Wie sollte ich ablehnen, wenn er willens war?« Er zögerte. »War es schlimm?«

»Schlimm genug.« Dumarest wollte nicht darüber reden. Die Bienen waren gekommen, wie er es angenommen hatte. Sie waren gelandet, hatten die anderen im wahrsten Sinne unter dem Gewicht ihrer Körper begraben. Tausende von ihnen. Millionen. Hatten jeden Zoll des Bodens mit einer schweren Masse aus Rot bedeckt. Er hatte es geschafft, sich seinen Weg frei zu brennen, war gerannt, weil ihm keine andere Wahl geblieben war, hatte schließlich Deckung gefunden, wo er gewartet hatte, bis der Flitter eintraf. »Sie hätten sie warnen sollen«, sagte er. »Diese Bienen in den Freilanden sind telepathisch. Irgendwie hatten jene in dem Nest einen Hilferuf ausgestrahlt.«

»Ich wusste es nicht«, sagte der Agent. »Wie hätte ich es wissen können! Telepathisch«, sagte er. »Sind Sie sich da sicher?«

»Wie sonst hätten sie in dem kritischen Moment kommen können?«, verlangte Dumarest zu wissen. »Und sie gehörten nicht zu dem Stock, den wir angegriffen haben. Es waren zu viele dafür. Irgendwie haben sie von der Gefahr erfahren und sich dagegen zusammengeschlossen. Wenn es keine Telepathie ist, ist es etwas sehr Ähnliches.«

»Es ist möglich«, gab der Vermittler zu. »Auf diesem Planeten sind es die meisten Dinge.« Wieder zögerte er. »Ich nehme an, Sie hatten kein Glück? Sie haben kein Gelée?«

»Nein.«

Der Vermittler saß dort für einen Moment, dachte nach, dann schließlich zuckte er mit den Schultern. »Nun, man kann nicht jedes Mal gewinnen und dieses Mal verlieren wir alle. Faine sein Leben und seinen Flitter. Eldon und seine Freunde ihr Leben. Scuto sein Gelée. Ich verliere meine Ausrüstung und Sie verlieren ihre Kaution.«

»Die«, erinnerte Dumarest bewusst, »an Faines Witwe geht.«

»Sie wird sie erhalten«, sagte der Vermittler. »Das verspreche ich und ich stehe zu meinem Wort.« Das stimmte im Großen und Ganzen. Ein Hausi log nicht, auch wenn er vielleicht nicht die ganze Wahrheit sagte. »Und nun lassen Sie mich Ihnen einen Drink anbieten.«

Dumarest trank in kleinen Schlucken, sein Magen unruhig bei dem Geschmack von Honig, aber der Alkohol wärmte ihn und vertrieb ein wenig seine Müdigkeit. Der Vermittler füllte die Gläser erneut. »Ihr Freund«, sagte er. »Der, nach dem sie geschaut haben. Haben Sie ihn gefunden?«

»Nein.«

»War er nicht in dem Dorf?«

»Es war verlassen. Faine glaubte, dass Sklavenjäger am Werk gewesen sein könnten.«

»Auf Hive?«

»Das habe ich mir auch gedacht. Das scheint nicht nachvollziehbar.« Dumarest setzte sein Glas ab. »Ich habe mich das ebenfalls gefragt«, sagte er. »Ich habe mich des Weiteren gefragt, warum es notwendig war zuzulassen, dass andere vor uns dort ankamen.«

»Um das Dorf zu plündern?« Der Vermittler schüttelte seinen Kopf. »Ich bezweifle das. Welchen möglichen Grund könnte irgendjemand haben, so etwas zu tun?« Er nippte an seinem Wein, lächelte. »Ich kann mir eine viel einfachere Erklärung denken. Faine hatte eine Vorliebe für Osphagen. Sie können nicht bei Nacht gesammelt werden. Es war seine Gewohnheit, wenn er in die Freilande fuhr, einige Kerne zu sammeln, um sie auf dem Markt zu verkaufen. Er wollte vermutlich die Gelegenheit nicht vergeuden, etwas Extrageld zu verdienen.«

»Ich nehme an, Sie haben recht«, Dumarest hob sein Glas auf und lehrte es langsam. »Gibt es Cyber auf Hive?«

»Das Haus Caldor hat einen. Es könnte andere geben, aber ich bezweifle es. Die Dienste des Cyclan sind nicht billig.« Yamay griff nach der Flasche. »Jemand hat sich nach Ihnen erkundigt«, sagte er. »Eine Person, von der ich glaube, dass Sie begierig darauf wären, sie zu treffen.«

»Derai?«

Das Lächeln des Vermittlers sagte Dumarest, wie er sich verraten hatte. »Das Mädchen? Nein. Ihr Halbbruder. Sein Name ist Blaine. Er wartet in der *Taverne der sieben Sterne* auf Sie.« Sein Lächeln wurde noch breiter, als Dumarest keine Anstalten machte, sich zu bewegen. »Ich denke, Sie sollten ihn treffen, aber zunächst noch einen Drink, ein Bad und einen Kleiderwechsel.« Kontinuierlich goss er den Wein ein. »Es wäre nicht klug, einen schlechten Eindruck zu hinterlassen.«

* * *

Das Wirtshaus war ein langes, niedriges, mit Holz überdachtes Gebäude mit getäfelten Wänden, an denen staubige Trophäen vergessener Jagden hingen. Tische aus dicken Bohlen und genagelte Stühle füllten den Hauptbereich. Ein erhöhtes Podium an einem Ende bot Platz für Musikanten und Unterhaltungskünstler. Der Boden bestand aus poliertem Holz und der Ort glänzte mit einem Schimmer von Zinn, Kupfer und Bronze.

Blaine gesellte sich zu Dumarest, als der sich setzte, und bestellte eine Flasche Wein. »Sie werden mir verzeihen«, sagte er entschuldigend. »Der Jahrgang, den Sie bestellt haben, ist nicht der beste. Eine Flasche Caldor Supreme«, sagte er zu der Dienstmagd. »Gekühlt, aber nicht zu kalt.«

»Sofort, Mylord.«

Über den Wein hinweg betrachtete Dumarest seinen Gastgeber. Jung, entschied er, und etwas verwöhnt. Außerdem zynisch, den Linien entlang seines Mundes nach zu urteilen, und mehr als ein wenig verbittert. Ein Mann, der gezwungen gewesen war zu akzeptieren, was ihm nicht gefiel; jemand, der gelernt hatte zu tolerieren, was er nicht ändern konnte. Aber von Adel. Der Dolch an seinem Gürtel zeigte das. Und vom gleichen Haus wie Derai. Das Grün und Silber war unverwechselbar.

»Ich bin Derais Halbbruder«, sagte Blaine. »Sie bat mich, Sie zu treffen. Es gibt Dinge, von denen Sie möchte, dass Sie sie verstehen.«

Dumarest schenkte mehr Wein aus.

»Wissen Sie, was sie ist?« Blaine starrte Dumarest über den Rand seines Glases hinweg an. »Wissen Sie es?«

Dumarest war schroff. »Ich weiß es.«

»Dann sollten Sie den Grund dafür anerkennen können, dass sie gehandelt hat, wie sie es tat, an dem Tor, als Sie von ihnen fortging. Können Sie sich denken, warum sie das tat?«

»Die Reise war vorbei. Meine Arbeit war getan.«

»Und Sie dachten, Sie hätte keine weitere Verwendung für Sie?« Blaine schüttelte seinen Kopf. »Wenn Sie das glauben, dann sind Sie ein Narr und dafür halte ich sie nicht. Der Mann, der sie traf, ist ihr Cousin. Sein Name ist Ustar und er ist fest entschlossen, sie zu seiner Frau zu machen. Er ist außerdem von wildem Gemüt und brüstet sich seines Geschicks mit dem Dolch. Hätte er geahnt, was Sie Ihnen gegenüber empfindet, hätte er Sie dort getötet, wo sie standen. Sie ging fort, um so Ihr Leben zu retten.«

»Es ist denkbar«, sagte Dumarest, »dass ich dazu etwas zu sagen gehabt hätte.«

»Ja«, sagte Blaine. »Das hätten Sie ohne Zweifel. Aber Ustar ist ein hohes Mitglied eines bekannten Hauses. Wie weit, glauben Sie, wären Sie gekommen, wenn Sie ihn bezwungen hätten? Nein, mein Freund, Derai hat getan, was getan werden musste.« Er trank und füllte sein Glas erneut mit dem kalten, nach Osphagen schmeckenden Wein. »Eine seltsame Person, meine Halbschwester. Wir haben ein bisschen etwas gemeinsam. Ich kann Dinge spüren, die sie belasten. Manchmal kann ich beinahe ihre Gefühle lesen. Wenn sie sehr stark sind, kann ich das. Sie liebt Sie«, sagte er unerwartet. »Sie braucht Sie mehr, als sie jemals jemanden gebraucht hat. Darum bin ich hier. Um Ihnen das zu sagen.«

»Sie haben es mir gesagt«, sagte Dumarest. »Was soll ich nun tun?«

»Warten Sie. Ich habe etwas Geld für Sie. Ihr Geld. Nicht alles, aber so viel, wie ich bekommen konnte.« Seine Stimme spiegelte seine Verbitterung wider. »Geld ist bei den Caldors nicht im Überfluss vorhanden. Nicht, da so viele ernährt und beherbergt werden müssen. Aber leben Sie unauffällig weiter, bis sie nach Ihnen schickt. Es mag nicht sehr lange dauern.«

Warten, dachte Dumarest niedergeschlagen. *Bis eine gelangweilte Frau entscheidet, ihre Langeweile zu vertreiben? Nein*, sagte er sich. *Das nicht. Warten ja, gerade so lange wie notwendig, um ein Schiff fort von hier zu nehmen.* Und doch wusste er, dass er nicht gehen würde. Nicht solange er dachte, dass sie ihn brauchte. Nicht solange er von ihr gebraucht werden wollte.

»Sie lieben sie auch«, sagte Blaine plötzlich. »Sie müssen nicht antworten. Sie weiß es und das ist gut genug. Sie können so etwas nicht vor einem Telepathen verstecken«, sagte er. »Sie können Derai nicht anlügen. Das ist eine Sache, die mein teurer Cousin nie lernen wird. Er denkt, dass das keinen Unterschied machen wird, aber das wird es. Sie wird niemals willentlich in sein Bett steigen.« Er bediente sich wieder an dem Wein. Er war mehr als ein wenig betrunken, erkannte Dumarest, aber der Alkohol hatte ihn in sich selbst verwandelt, ließ ihn von Dingen reden, die normalerweise ungesagt blieben.

»Eine seltsame Familie, die Caldors«, sagte Blaine. »Meine Mutter – nun, vergessen Sie das. Derai? Mein Vater fand ihre Mutter irgendwo in den Freilanden. Es würde ihr Talent erklären. Ustar? Er ist der Legitime. Geboren von akzeptierten Eltern, aber mit dem Pech, von dem falschen Vater gezeugt zu sein. Er kann die Herrschaft über das Haus nicht erben. Ebenso wenig ich, aber Derai kann es. Verstehen Sie also, warum er sie heiraten möchte?«

»Ja«, sagte Dumarest. »Ich verstehe.« Er füllte Blaines Glas erneut. »Sie haben einen Cyber, der Ihrem Haus angeschlossen ist«, sagte er. »Erzählen Sie mir von ihm.«

»Regor? Ein guter Mann.« Blaine trank ein wenig von seinem Wein. »Ich wollte einst ein Cyber sein«, sagte er. »Ich wollte es mehr als irgendetwas in meinem Leben. Wollte so gerne Teil von etwas sein, akzeptiert, respektiert, von den Höchsten anerkannt. Stets selbstbewusst und überzeugt sein. In der Lage, eine Handvoll Fakten zu nehmen und von ihnen aus die logische Abfolge von Ereignissen vorherzusagen. In der Lage, in gewisser Weise die Zukunft vorherzusagen. Macht haben«, sagte er. »Wirkliche Macht.« Er trank und grübelte für eine Weile. »Ich habe mich um Mitgliedschaft beworben«, sagte er. »Ich bin sogar zur Einführungsschulung gegangen. Sie haben mich durchfallen lassen. Können Sie sich denken, warum?«

»Erzählen Sie es mir«, sagte Dumarest.

»Sie sagten, ich sei seelisch labil. Kein gutes Material für einen Cyber. Nicht einmal gut genug, um von einem als Diener akzeptiert zu werden. Ein Fehlschlag. Das ist, was ich mein ganzes Leben gewesen bin. Ein Fehlschlag.«

»Nein«, sagte Dumarest. »Sie waren kein Fehlschlag. Vom Cyclan abgelehnt zu werden, ist keiner.«

»Sie mögen sie nicht?« Blaine schaute zu Dumarest, ließ seine Augen zu seiner Hand sinken. Sie war eng um das Glas verkrampft. Während Blaine zusah, zerbrach der Kristall.

»Sie nehmen einen«, sagte Dumarest ruhig, »sehr jung und leicht zu beeindrucken. Sie lehren einen, niemals Gefühle zu empfinden und nur an geistigen Leistungen Vergnügen zu finden. Und nur um das für einen leicht zu machen, operieren sie an den Nerven, die zum Gehirn führen. Sie haben nicht versagt«, bestand er. »Sie hatten Erfolg. Sie können die Bedeutung von Genuss und Schmerz spüren und empfinden und kennen. Sie wissen, was es bedeutet, zu lachen und zu weinen und Hass oder Furcht zu empfinden. Ein Cyber kann nichts davon. Er isst und trinkt, aber das Essen und das Wasser sind geschmackloser Treibstoff für seinen Körper. Er ist unfähig zu lieben. Körperliche Empfindungen sind ihm fremd. Er kennt einzig das Vergnügen geistiger Leistungen. Würden Sie Ihr Leben dagegen eintauschen?«

Blaine saß dort, dachte nach, erinnerte sich. »Nein«, sagte er schließlich. »Ich denke nicht, dass ich das würde.«

»Sie erwähnten Derais Mutter«, sagte Dumarest beiläufig. »Sie sagten, sie stamme aus den Freilanden.«

»Das stimmt.«

»Das Dorf, aus dem sie kam. War es Lausary?«

»Ich weiß nicht. Ist das wichtig?«

»Nein, vergessen Sie es.« Dumarest schenkte ihnen beiden mehr Wein aus, nutzte ein Glas von einem anderen Tisch, um jenes zu ersetzen, das er zerbrochen hatte. Er spürte die Auswirkungen seiner vorherigen Taten. Der belebende Effekt des Bades, das Yamay ihm ermöglicht hatte, wurde beinahe vollständig von der Erschöpfung neutralisiert, sodass er Schwierigkeiten hatte, seine Augen offen zu halten. Und Erinnerungen begannen, auf ihn einzudringen.

Er hob sein Glas, trank, füllte es wieder und trank erneut. Vielleicht konnte er, wenn er genug trank, die Schreie von Eldon und den anderen vergessen, das scharfe Zirpen der Bienen, versengt und in den Flammen verbrennend, die verzweifelte Angst, durch den Druck ihrer Körper erstickt zu werden.

Und rennen, rennen. Es half nicht zu wissen, dass er nichts sonst hätte tun können.

Er trank und dachte an Derai, Derai, die ihn liebte und wusste, dass er sie liebte. Derai!

Er senkte sein leeres Glas und sah Ustar.

Er stand sehr gerade, sehr stolz, einen herablassenden Ausdruck auf seinem Gesicht, als seine Augen die Wirtsstube absuchten. Er war nicht alleine. Drei andere, die Grün und Silber trugen, standen hinter ihm. Wie Hunde folgten sie ihm, als er sich zwischen den Tischen bewegte.

»Ustar!« Blaine, plötzlich stocknüchtern, bewegte sich unruhig neben Dumarest. »Er sucht nach Ihnen. Sie gehen besser, bevor er Sie sieht.«

Dumarest hob die fast leere Flasche auf, leerte sie in ihre Gläser. »Warum sollte er nach mir suchen?«

»Ich weiß es nicht«, gab Blaine zu. »Aber er sucht nach Ärger. Bitte gehen Sie. Derai würde mir niemals vergeben, wenn Ihnen etwas zustieße.«

»Trinken Sie Ihren Wein aus«, sagte Dumarest, »und lernen Sie etwas: Ärger verschwindet nicht, weil Sie davor weglaufen.« Er lehnte sich zurück, wachsam, die leere Flasche griffbereit. Es war keine ideale Waffe, aber sie würde in einem Notfall nützlich sein.

»Cousin!« Ustar hatte sie gesehen. Er schritt vorwärts, seine Begleiter auf seinen Fersen. »Nun, Cousin,« spottete er, »du verkehrst wahrlich in seltsamer Gesellschaft.«

Blaine nahm einen Schluck seines Weines. »Dumarest ist mein Freund.«

»Dein Freund?« Ustar hob seine Brauen. »Ein billiger Reisender?

Ein Mann, der seine ungewünschte Aufmerksamkeit deiner Schwester aufgezwungen hat? Komm schon, Cousin, das kann nicht dein Ernst sein.«

»Hat Derai sich über Dumarest beschwert?«

»Das«, sagte Ustar kalt, »ist unerheblich. Ich sage, er hat sie beleidigt. Das ist genug.«

Er machte keinen Versuch, seine Stimme zu senken. Schweigen breitete sich von den angrenzenden Tischen durch das Wirtshaus aus, als andere bemerkten, was geschah. An der gegenüberliegenden Wand standen Männer, sodass sie eine bessere Sicht hatten. Dumarest erkannte die Spannung in der Luft, die Vorahnung von Blut. Es war überall im Universum das Gleiche.

Blaine war trotzig. »Derai ist meine Schwester. Wenn sie beleidigt wurde, werde ich mich dem annehmen.«

»Du?« Ustar füllte das Wort mit Verachtung. »Du?«

»Du bist auf der Suche nach Ärger«, sagte Blaine. Er war bleich vor Wut. »Nun, such ihn woanders. Vielleicht kannst du dir einen Streit mit einem zehnjährigen Jungen suchen. Er sollte ein guter Gegner sein«, fügte er hinzu, »wenn du einen Arm hinter seinen Rücken bindest.«

»Forderst du mich heraus, Cousin?«

»Nein«, sagte Blaine. »Ich lasse mich auf deine Spiele nicht ein. Jetzt verschwinde einfach und lass mich alleine.«

»Mit diesem Ding, das du einen Freund nennst?« Ustar schaute Dumarest das erste Mal an. »Sicherlich, Cousin, ist die Ehre unseres Hauses noch immer etwas, das mit in Betracht gezogen werden sollte? Selbst«, fügte er bedächtig hinzu, »von einem Bastard wie dir.«

Dumarest griff Blaine, als er sich über den Tisch stürzte. »Ruhig!«, blaffte er. »Sehen Sie nicht, dass er Sie nur dazu reizen will, sich zum Narren zu machen?«

»Ich werde ihn töten«, sagte Blaine zäh. »Eines Tages werde ich ihn töten.«

»Eines Tages«, stimmte Dumarest zu. »Aber nicht jetzt.« Er erhob sich und schaute Ustar an. »Mit Eurer Erlaubnis«, sagte er geradeheraus, »werden wir nun gehen.«

»Abschaum! Du bleibst!«

»Wie Ihr wünscht.« Dumarest schaute zu Ustar, seinen Freunden, den wachsamen Besuchern des Wirtshauses. »Aus einem Grund, den ich nicht kenne, wünscht Ihr, eine Schlägerei mit mir zu provozieren. Ist das richtig?«

»Du hast Lady Derai beleidigt«, sagte Ustar. »Die Ehre meines Hauses verlangt, dass du dafür bezahlen musst.«

»Mit Blut, selbstverständlich«, sagte Dumarest trocken. »Ihr werdet verstehen, dass ich zurückhaltend bin zu kooperieren.« Bewusst bewegte er sich von hinter dem Tisch fort und passierte die Gruppe Männer. Er hörte, wie Atem scharf eingesogen wurde, das Rascheln einer Bewegung und drehte sich, um Ustars Dolch auf seine Brust losstürzen zu sehen. Beinahe zu spät erinnerte er sich, dass die Kleidung, die er trug, nicht seine eigene war. Er fing das Gelenk der Dolchhand mit seiner Linken, das Aufeinandertreffend von Haut klatschte erschreckend laut. Die Spitze der Waffe verharrte Zentimeter vor seiner Jacke.

»Schande!« Ein Mann rief stehend von der anderen Seite der Taverne. Er trug eine Tunika aus Blau und Gold. »Bei Gott, Ustar, ich hätte es niemals geglaubt. Ein Stich in den Rücken!«

»Er trägt Rüstung!«, brüllte einer von Ustars Begleitern. »Wir haben es direkt bemerkt. Ustar wusste, dass er den Mann nicht verletzten konnte.«

Die Lüge wurde nicht infrage gestellt. Jene, die zusahen, wussten nicht, ob es wahr war, und es interessierte sie nicht.

»Lasst es einen fairen Kampf sein!« Ein Mann, der Schwarz und Gelb trug, rief von seinem Platz oben auf einem Tisch. »Zwei zu eins auf den Fremden!«

»Einen fairen Kampf«, wiederholten andere. »Lasst es einen fairen Kampf sein!«

Ustar presste seine Lippen zusammen. Es war eine freie Schenke, die keinem Haus Treue schuldete, und er war unbeliebt bei denen, die zusahen. Aber noch immer war er zuversichtlich. »In Ordnung«, sagte er. »Aber er muss den Oberkörper freimachen.«

Nach genauerem Nachdenken war er froh, dass die Dinge sich so entwickelt hatten. Nun würde er frei sein von jedem Makel des

Mordes. Nicht, dass es ihm Sorgen bereitet hätte, aber es würde helfen, dass Derai ihm das nicht vorwerfen könnte. Nicht mit Blaine als einem ehrlichen Augenzeugen.

»Er ist schnell«, sagte Blaine, als er Dumarest half, sich auszuziehen. »Er geht gerne von tief unten hinein und stößt nach oben.« Er schürzte die Lippen, als er den nackten Oberkörper sah. Er war von hässlichen Blutergüssen gefleckt und gezeichnet. Das Metallgewebe war gegen Stiche sicher gewesen, aber nicht gegen Stöße.

Dumarest saugte Luft tief in seine Lungen, als die Zuschauer einen Ring in der Mitte des Raumes formten. Er war müde und hatte überall Schmerzen. Seine Reflexe konnten nicht anders als langsam sein und Ustar war ein erfahrener Kämpfer. Es zeigte sich in jeder seiner Bewegungen, aber er machte keine Ansätze, sich auszuziehen, und Dumarest fragte sich, warum solch ein Mann ihm einen augenscheinlichen Vorteil geben sollte.

»Hier!« Blaine schob seinen Dolch in Dumarests Hand. »Verwenden Sie den und viel Glück!«

Ustar griff zügig an, schnell und ohne Vorwarnung. Seine Klinge glänzte im Licht, eine Falle für die Augen, das Funkeln verging, als er den Stahl drehte. Dumarest parierte mit konditioniertem Reflex, spürte den Ruck gegen seine Hand, als die Messer sich trafen, die Erschütterung Handgelenk und Arm hinauf. Augenblicklich sprang Ustar zurück, wieder vor, die Lippen dünn, als er mörderisch die Zähne fletschte, die Klinge in einem bösartigen Stoß von unten aufsteigend. Wieder parierte Dumarest, spürte das kalte Brennen der Schneide, als sie seine Seite berührte. Das zischende Einatmen der Menge zeigte, dass sie Blut sah.

Ustar lachte, ein kurzes, bellendes Geräusch ohne Humor, und griff wieder an, die Klinge stieß auf seine Leiste zu. Dumarest wehrte ab, blockte erneut, wusste dann, dass er keine weiteren Risiken eingehen durfte. Er war zu müde, sein Gegner zu schnell; der Kampf musste beendet werden, und zwar bald.

Er fiel zurück, senkte seine Abwehr, verlockte Ustar zum Angriff. Wieder schlug Stahl aufeinander, als er den Aufwärtsstoß parierte, aber dieses Mal fing er die Klinge, drehte sie fort von seinem Körper, bevor er mit seinem eigenen Dolch zuschlug, die Klinge herum und hinauf zum Gesicht schwingend. Verächtlich trat Ustar zurück und erkannte, zu spät, die Gefahr. Dumarest setzte den Angriff fort, gab dem anderen Mann keine Zeit, sein Gleichgewicht wiederzufinden, schnitt wild nach dem Körper. Die Klinge fand ihr Ziel, die Schneide schnitt in die Tunika und Dumarest fühlte das unnachgiebige Metallgitter.

Ustar trug ein Stahlhemd unter dem Grün und Silber.

Augenblicklich griff Dumarest erneut an, bewegte sich in einem wilden Spurt, warf sich vorwärts, seine Klinge ein Lichterglanz, als sie nach den Augen stieß. Ustar fiel zurück, parierte verzweifelt, seine Bewegungen weit, sein Gesicht vor Angst gespannt. Endlich gelang es ihm, die Zeit zu finden, einen hektischen Ausfall auf den Körper zu machen. Dumarest hatte das erwartet. Als die Klinge und der Arm vorwärts schossen, beugte er sich zur Seite, erlaubte, dass sie zwischen seinem Körper und seinem linken Arm hindurchgingen, ließ seine linke Hand fallen, um das Handgelenk einzufangen. Er drehte, zwang Ustar auf seine Knie, zog seine rechte Hand mit dem Dolch zurück, bereit zum Stoß.

»Nein!« Ustar starrte auf das unerbittliche Gesicht über seinem eigenen. »Um Gottes willen! Nein!«

Der Dolch bewegte sich vor, Licht brach sich an der Spitze.

»Bitte!«, kreischte Ustar. Sein Gesicht war schweißnass. »Bitte töte mich nicht!«

Dumarest zögerte, schlug dann, den Dolch drehend, den schweren Knauf zwischen Ustars Augen.

9

Es gab nichts, sagte Derai sich, vor dem sie Angst haben musste. Es war nur ein alter Mann in einem Bett. Ein sehr alter Mann, aber das war alles. Und doch blieb die Furcht. Niemals zuvor hatte sie das eigentliche Oberhaupt des Hauses gesehen. Großvater war eine sagenhafte Gestalt gewesen, jemand, von dem erwähnt wurde, dass er noch lebe, aber den niemals jemand sah. Nun war sie in dem gleichen Raum und kurz davor, ihn von Angesicht zu Angesicht zu treffen.

»Seid Ihr bereit, Mylady?« Regor stand neben ihr, sein geschorener Kopf totenschädelartig vor dem Scharlachrot seiner zurückgeworfenen Kapuze. »Es wird kein angenehmer Anblick«, warnte er. »Er ist sehr alt und sehr krank. Extremes Alter kann manchmal den Körperbau eines Menschen deformieren.« Die Hand des Cybers lag fest auf ihrem Ellbogen, als er sie zu dem Bett führte.

Sie stand dort, schaute, sagte nichts, ihre Augen riesig in der Blässe ihres Gesichtes.

»Die Ambrosaira, die sein Leben verlängert hat, hat auf vielfache Art seinen Metabolismus verändert«, sagte Regor. Er machte sich nicht die Mühe, seine Stimme zu senken; das Ding in dem Bett konnte nicht hören. »Es ist fast, als würde sie versuchen, Fleisch, Knochen und Blut in eine andere Form umzuwandeln. Eine Insektenform. Aber er ist noch immer ein Mensch, Mylady. Es ist wichtig, sich daran zu erinnern.«

Sie nickte, krampfte ihre Hände zusammen, fühlte die Nägel in ihre Handflächen schneiden. Es war schwer, nicht zu schreien. Nicht deswegen, was sie sah, obwohl das schlimm genug war, sondern deswegen, was sie mit ihrem Geist hörte: das klanglose, wortlose, zusammenhanglose Kreischen, das sie zu oft an den Rand ihrer geistigen Gesundheit getrieben hatte. Nun wusste sie, was es war:

ein alter und entsetzter Geist, eingesperrt in einem reaktionslosen Gefängnis aus verfaulendem Fleisch.

»Du bist die Einzige, die ihm helfen kann«, sagte Johan ruhig. Er stand am Fuß des Bettes und starrte zu seiner Tochter. *Sie ist*, dachte er, *erstaunlich ruhig. Wir hätten vorher darauf kommen müssen*, sagte er sich, *aber wir haben immer angenommen, der Alte Herr wäre betäubt und bewusstlos. Aber*, erinnerte er sich, *wie Regor betont hatte, schlief das Unterbewusstsein niemals.*

Er spürte einen Ärger aufsteigen, den er augenblicklich niederrang. Niemand trug die Schuld.

»Ihr habt verstanden, Mylady, was es ist, worum wir Euch bitten?« Regor schaute von dem Bett zu dem Mädchen. »Er kann sich nicht verständigen, jedoch besitzt er Wissen, an das wir gelangen müssen. Ihr könnt es für uns erlangen, indem Ihr seine Gedanken lest.«

»Ich könnte es«, gab sie zu. »Aber nur, wenn er sich auf zugehörige Dinge konzentriert. Wie wollen Sie ihn fragen, was Sie wissen wollen?«

»Ich werde mich darum kümmern, Mylady.« Trudo schaute auf von dort, wo er stand mit seinem Apparat, auf der anderen Seite des Bettes. An einer Wand lehnte Emil neben einem Fenster, nur in der Lage zuzuschauen. Es ärgerte ihn, dass er nicht mehr tun konnte, aber im Moment lag alles bei dem Mädchen.

»Ich weiß nicht ob das, was ich getan habe, erfolgreich sein wird«, sagte der Arzt ruhig. »Soweit ich das feststellen kann, ist er völlig unempfänglich für äußere Reize. Das mag sein, weil seine Sinnesnerven nicht mehr funktionieren oder weil die motorischen Nerven, die die Reaktion bestimmen, paralysiert sind. Ihr, hoffe ich, werdet in der Lage sein, uns zu sagen, ob ich Kontakt herstelle.« Er stellte den Apparat neben sich ein. »Ich habe die Hörorgane umgangen und einen direkten, elektronischen Kontakt mit den Knochen hergestellt. Es ist möglich, dass er, unter Verwendung von ausreichend Energie, hören kann, was wir zu sagen haben.« Er hob ein Mikrofon auf und sprach sanft in das Instrument. »Mylord, könnt Ihr mich hören?«

Eine Pause. Derai schüttelte ihren Kopf.

Der Arzt sprach erneut. Wieder und wieder, verstärkte dabei jedes Mal die Leistung seiner Maschine, sodass die entsprechende Dezibelstärke zu der eines Donnerschlages anstieg.

»Wartet!« Derai schloss ihre Augen, um sich besser konzentrieren zu können. Es kam erneut, eine Frage, ein ergreifender Strudel eines Albtraums. Eine verzweifelte Hoffnung, die einem gedehnten Echo glich.

Was ist das? Wer spricht? Wer ist dort?

Trudo schnappte ihr Zeichen auf, sprach die ausgewählten Phrasen erneut, die Regor ausersehen hatte, Worte ohne Mehrdeutigkeit, kompakt in ihrem Signalrauschverhältnis. Erneut schnappte sie das brodelnde Echo auf, stärker jetzt, lodernd vor Hoffnung – ein Leben, das darum rang fortzubestehen.

Ich kann dich hören! Du musst mir zuhören! Du musst mir helfen – helfen – helfen ...

Diese Worte hallten zurück wie in leeren Korridoren, ein sich wiederholendes Echo eines Geistes, der plötzlich uneins geworden war, berauscht von Euphorie. Sie fühlte es und teilte es. Ihre Augen leuchteten wie Sterne.

Emil schaute von seinem Platz neben dem Fenster aus zu. *Der nutzlose Fleischkoloss war letztlich zum Leben aufgestachelt worden. Der Alte Herr, der eher aufgrund von Tradition am Leben gehalten worden war, nicht aus Zuneigung, würde bald gezwungen sein, sein kostbares Geheimnis preiszugeben. Aber warum fragte sie nicht nach dem Geld? Das Geld, verdammt noch mal! Frag nach dem Geld!* Ärger, Ungeduld, Hass und die rote Flut der Gier.

Johan bewegte sich ruhelos an seinem Platz. *Wenn sie Anzeichen von Schmerz zeigt, breche ich es augenblicklich ab. Breche es ab und zur Hölle mit Emil und seinen Ambitionen!* Sorge und beschützender Trotz.

Trudo justierte die Maschine. *Der Schädel muss beinahe vollständig verknöchert sein, dass solch eine Energie nötig ist, damit der Knochen vibriert. Es wäre interessant, ihn zu sezieren – aber sie würden das niemals erlauben.* Bedauern und Frustration.

Die Gedanken kreisten wie Rauch, füllten den Raum mit geistigem Lärm, zerrten mit widerstrebenden Gefühlen an ihrer Konzentration, brachen durch reine Lautstärke das Flüstern vernünftiger Kommunikation, die sie mit dem grotesken Schrecken in dem Bett aufbaute.

Ein anderer Gedanke, diesmal unnachgiebig, klar, direkt: *Schickt sie aus dem Raum, Mylady. Ich kann die Maschine bedienen.*

Der Cyber hatte, die Situation erkennend, den logischen Ausgang vorhergesagt und riet ihr das Beste, was sie tun konnte.

Ein Rat, bei dem sie keine andere Wahl hatte, als ihn anzunehmen.

* * *

»Unmöglich!« Emil erhob sich aus seinem Stuhl, machte drei Schritte, wandte sich um und ging wieder zurück. Der Raum lag im Fuß des Turmes, in dem der Alte Herr seine Schlafkammer hatte. Einst war es eine Wachstube gewesen und die Ausstattung war noch immer spartanisch. »Ich glaube es nicht«, blaffte Emil. »Das ist absurd!«

»Ich versichere Euch, Mylord, Lady Derai sagt nichts als die Wahrheit.« Emils Zurschaustellung strich die Ruhe des Cybers noch heraus.

Johan räusperte sich. »Lasst uns an die Sache logisch herangehen«, schlug er vor. »Wir baten Derai, etwas für uns zu tun. Sie hat es getan. Wir müssen nun entscheiden, welche Handlung wir auf Basis ihrer Informationen ergreifen wollen. Die Informationen verleugnen ist lächerlich.« Er schaute zu seiner Tochter. »Derai?«

»Ich sage es euch noch einmal«, sagte sie fade. Erschöpfung hatte ihr Gesicht mit tiefen Schatten gezeichnet. »Er möchte leben. Er wird euch sagen, was ihr wissen wollt, wenn ihr ihm seine fortgesetzte Existenz garantiert.«

So ausgedrückt klang es recht einfach, aber es gab keinen Weg, ihnen von der schrecklichen Lust nach Leben zu berichten, die noch immer in dem verfaulenden Fleisch glühte, von der tierhaften Gerissenheit, von der unglaublichen Entschlossenheit, weiter zu herrschen, weiter das eigentliche Oberhaupt der Caldor zu sein. Es hatte Momente gegeben, in denen sie beinahe körperlich krank gewesen war. Andere, in denen nur der Cyber und seine Beharrlichkeit sie neben dem Bett gehalten hatten.

»Das meine ich«, sagte Emil. Erneut schritt er durch den Raum. »Das lässt sich nicht machen.« Er drehte sich, um den Arzt anzublicken. »Oder geht es?«

»Nicht auf Hive, Mylord«. Trudo schürzte die Lippen. »Und ich bezweifle, dass es Welten gibt, auf denen es sich machen ließe. Nicht in seinem gegenwärtigen Zustand. Der Zustand seines Metabolismus macht eine Gehirntransplantation unmöglich. Selbst eine kybernetische Schaltung würde zu vorhersehbaren Komplikationen führen. Sein Blut ist nicht länger das, was wir als normal betrachten«, erklärte er. »Es würde zu lange dauern, einen künstlichen Ersatzstoff herzustellen.« Er machte eine hilflose Geste. »Es tut mir leid, Mylord. Ich kann Euch nicht helfen. Ich bin der Meinung dass das, was er verlangt, nicht möglich ist.«

»Wie ich sagte.« Finster blickte er Derai an. »Bist du sicher, dass du die Wahrheit sagst, Mädchen? Hast du tief genug gegraben und herausgefunden, was er wirklich wollte? Oder ist das nur irgendein Trick, um dein Versagen zu erklären?«

»Es reicht!« Johans Stimme war ungewohnt stark. »Du vergisst dich, Emil. Ich bin dem Namen nach das Oberhaupt von Caldor, nicht du.«

»Für wie lange?« Emil starrte ihn frustriert an. »Bis ansteigende Schulden das verschlingen, was wir übrig haben? Hör mir zu, Bruder. Wenn Caldor überdauern soll, brauchen wir Geld. Der Alte Herr hat es. Genug, um unser Haus zum Herrscher von Hive zu machen.« Er schaute zu dem Cyber. »Ist das nicht richtig, Regor?«

»Das ist es, Mylord.«

»Also müssen wir sein Geheimnis erlangen.« Emil stand dort, dachte nach. »Aber wie? Wie?«

»Indem wir tun, was er verlangt«, sagte Derai. Sie schaute zu dem Cyber. »Erzählen Sie es ihnen.«

»Es gibt einen anderen Weg, ihm eine fortdauernde Existenz zu gewähren, außer tatsächlicher, körperlicher Langlebigkeit«, erklärte Regor. »Wir können es tun, indem wir eine subjektive Welt der Halluzinationen bereitstellen.«

»Drogen?« Trudo zeigte Interesse. »Das könnte gemacht werden, vermute ich, aber ...« Er schüttelte seinen Kopf. »Nicht ohne jegliche Kommunikation«, erklärte er. »Es muss eine Art von Medium geben, um die hypnotischen Suggestionen zu übermitteln. Es war eine gute Idee, Cyber«, sagte er, herablassend, »aber es wird nicht funktionieren.«

»Nicht auf Hive, nein«, stimmte Regor zu. »Unsere Heilkunde und medizinischen Fähigkeiten sind viel zu primitiv. Aber Hive ist nicht der einzige Planet im Universum. Es gibt einen anderen. Folgone.«

»Folgone?« Emil runzelte die Stirn. »Ich habe nie davon gehört.« Er schaute zur Decke hinauf. »Hat er?«

»Ja, Mylord. Der Vorschlag kam von ihm selbst. Er ist sich bewusst, dass es in diesem Fall etwas viel Besseres als einfache körperliche Langlebigkeit gibt. Es kann auf Folgone gefunden werden.«

»Kennen Sie diese Welt?« Johan war brüsk.

»Ja, Mylord.«

»Dann existiert sie? Es ist nicht nur die kranke Laune eines sterbenden Mannes?«

Regor war nachdrücklich. »Weit entfernt davon, Mylord. Folgone ist der eine Ort, der ihm tausend Jahre subjektiver Halluzination geben kann, so intensiv, dass sie normaler Existenz überlegen ist.«

»Ein Paradies«, sagte Emil säuerlich. »Es wundert mich, dass andere nicht darauf aus sind, seine Genüsse zu teilen.«

»Das sind sie, Mylord, täuscht Euch da nicht.« Regor wandte sich zu Johan. »Es wird nicht leicht sein, einen Platz zu erlangen. Wenige werden angeboten und viele streben danach. Und es gibt weitere Details, um die sich gekümmert werden muss. Die Reise ist lang und eine Passage muss arrangiert werden. Vielleicht muss ein Schiff gechartert werden. Das heißt«, fügte er hinzu, »wenn Ihr plant zu tun, was der Patient verlangt.«

Johan zögerte, dachte an die Ausgaben. Emil konnte nur an die versprochene Belohnung denken.

»Wir tun es«, sagte er. »Wir haben keine Wahl.« Er schnappte Johans Ausdruck auf. »Der Alte Herr ist noch immer das Oberhaupt des Hauses«, betonte er. »Es ist sein Recht, dorthin gebracht zu werden, wohin er will. Es ist unsere Pflicht zu gehorchen.«

Johan sah seinen Bruder an. »Dein Respekt der Pflicht gegenüber ehrt dich«, sagte er beißend. »Aber wir müssen noch immer die Mittel auftreiben, um zu tun, was du vorschlägst. Ich zögere, das bisschen zu riskieren, was wir haben. Die Pflicht gegenüber dem Haus«, fügte er hinzu, »steht vor der Pflicht gegenüber dem Einzelnen.«

Nun war es an Emil zu zögern. An Geld konnten sie gelangen – der Händler hatte ihm gezeigt, wie –, aber es gab weiterhin Komplikationen. Die Stadt war voller Augen und Ohren, eine Brutstätte der Intrigen. Wenn das Gerücht die Runde machte, dass er nicht deklariertes Gelée verkaufe, würde die Reaktion extrem ausfallen. Caldor würde vorgeworfen werden, den Pakt zu verletzen. Aber irgendwie musste es einen Weg geben.

»Dumarest«, sagte Derai, las seine Gedanken. Sie lächelte, plötzlich nicht mehr müde. »Dumarest«, sagte sie wieder. »Blaine wird ihm sagen, was ihr wollt.«

Emil runzelte die Stirn, dachte an Ustar, seine schrecklich geschwollenen Augen, seine gebrochene Nase, der seinen Schmerz und seinen Zorn in einem abgeschiedenen Raum verbarg. Ustar, der sich zum Narren und zu Schlimmerem gemacht hatte. Dumarest war die Ursache dessen gewesen – der Reisende, den Derai so offensichtlich liebte. Es wäre Wahnsinn, sie noch enger zusammenzubringen.

Dann, als er sie anblickte, erkannte er, dass er keine Wahl hatte.

* * *

»Nein.« Dumarest wandte sich von dem Fenster ab, durch das er gestarrt hatte. Es war im oberen Geschoss eines Wirtshauses, von dem aus man das Landefeld überblicken konnte. Licht schimmerte auf der Einzäunung, glänzte auf der Hülle der beiden Schiffe, die auf dem Schotter standen. Andere Lichter schienen von den Straßen und Häusern der Stadt. Von dem Fenster aus war es möglich, auf das Dach einer Veranda davor zu gelangen und von dort auf die Straße. »Nein«, sagte er erneut. »Es tut mir leid, doch ich bin nicht interessiert.«

»Aber warum nicht?« Blaine war fassungslos. Eine Ablehnung

war die letzte Antwort, mit der er gerechnet hatte. Er sah sich in dem engen Raum um. Er enthielt eine Liege, einen Stuhl, eine Kommode an der Wand. Der Boden war unbedeckt. Das Licht stammte aus einer Lampe, die Pflanzenöl verbrannte. Das Einzige, was für den Raum sprechen konnte, war, dass er billig war.

»Schauen Sie«, sagte er eindringlich. »Es werden nur wenige von uns sein. Der Alte Herr natürlich; er muss gehen. Derai, um seine Gedanken zu lesen. Emil wird nicht außen vor gelassen werden wollen. Ich werde mich um Derai kümmern. Und da ist Regor«, ergänzte er. »Der Cyber muss die Maschine bedienen. Die, die verwendet wird, um mit dem Alten Herrn zu reden.«

Dumarest sagte nichts.

»Sie müssen mitkommen«, sagte Blaine. »Wir brauchen Sie. Derai braucht Sie. Sie wird nicht gehen, wenn Sie ablehnen.« Er ergriff Dumarests Arm. »Warum lehnen Sie ab?«

Jemand klopfte an der Tür, bevor Dumarest antworten konnte. Yamay trat ein, ein Päckchen unter seinem Arm. Er wirkte von Blaines Anwesenheit überrascht.

»Ein Caldor«, sagte der Vermittler. Er schaute zu Dumarest. »Ich dachte, Sie hätten mehr Verstand.«

»Blaine ist in Ordnung.«

»Da stimme ich zu«, sagte der Vermittler. »Aber im Dunkeln, wer sieht da schon das Gesicht über der Tunika? – Ich besorge ihm diesen Raum«, sagte er zu Blaine. »Einer, aus dem er leicht entkommen kann. Ich warne ihn, sich mit niemandem zu treffen. Und doch, als ich ankomme, bewirtet er jemanden, der ein Feind sein könnte. Wie geht es Eurem Cousin?«

»Er hegt Racheträume«, sagte Blaine. »Dumarest hätte ihn töten sollen.«

»Ja«, sagte der Vermittler. »Hätte er. Ich bin überrascht, dass ein Mann von seiner Erfahrung einen verwundeten Feind zurücklässt, dass dieser später Schaden anrichten kann. Auf der anderen Seite«, sinnierte er, »wäre Ustar tot glücklicher dran. Es wird eine lange Zeit dauern, bevor ihm gestattet wird, seine Zurschaustellung von Feigheit zu vergessen. Jene, die den Dolch tragen, sind genau in diesen Dingen.«

»Sie reden zu viel.« Dumarest griff nach dem Päckchen, das der Vermittler trug. »Was schulde ich Ihnen hierfür?«

»Nennen Sie es ein Abschiedsgeschenk.« Yamay sah zu, wie Dumarest das Päckchen öffnete. Der weiche Glanz von stahlgrauem Plastik wellte sich in seinen Händen. Das abgewetzte Material seiner Metallgewebekleidung war wiederhergestellt worden, sodass sie wie neu aussah. »Ich habe eine Passage für Sie arrangiert. Nach Argentis. Niedrige Reise.«

»Gut genug.« Dumarest zog sich um, wickelte die abgelegte Kleidung in das Papier, das seine eigene beinhaltet hatte. »Ich werde eine Vollmacht unterzeichnen, bevor ich abreise. Wenn Sie den Rest des Geldes wiedererhalten können, den ich Derai geliehen habe, ist es Ihres. Blaine hier kann dafür sorgen, dass Sie es erhalten.«

»Ich habe das Dokument bereits vorbereitet«, sagte der Vermittler höflich. »Ich bin«, erinnerte er ihn, »ein Geschäftsmann und ich war mir sicher, dass Sie keine Einwände hätten. Wenn Sie unterzeichnen würden?«

»Später. Wann reise ich ab?«

»In zwei Stunden.« Yamay schaute aus dem Fenster. »Es wäre eventuell besser, nicht zu zögern. Ustar könnte noch immer ein paar Gefährten haben, die seine Gunst suchen. Etwas Geld für den Betreuer wird sicherstellen, dass Sie willkommen sind.« Er drehte sich um, streckte seine Hand aus. »Auf Wiedersehen, Dumarest.«

Ihre Handflächen berührten sich.

»Nun warten Sie mal!« Blaine stellte sich vor Dumarest, als er sich zur Tür wandte. »Sie können so nicht gehen! Was ist mit Derai?«

Dumarest stand dort, wartete ab.

»Sie liebt Sie«, sagte Blaine verzweifelt. »Sie braucht Sie. Sie können Sie nicht enttäuschen.«

»Sie irren sich«, sagte der Vermittler schnell. »Sie verstehen nicht, was Sie verlangen. Wenn Dumarest auf Hive bleibt, wird er getötet. Ist es das, was Ihre Halbschwester wollen würde?«

»Nein, aber ...«

»Was sieht Ihre Alternative aus?« Yamay warf Dumarest einen flüchtigen Blick zu. »Da gibt es etwas, das ich nicht weiß«, sagte er. »Wir haben noch Zeit. Erzählen Sie es mir.« Er hörte zu, während

Blaine sprach, schüttelte dann langsam den Kopf. »Folgone«, sagte er. »Ich habe von dem Ort gehört.«

»Ist es wahr, was der Cyber sagt?«

»Im Groben schon. Und er hat recht«, sagte der Vermittler Dumarest. »Sie werden gebraucht. Sie sind, genau genommen, unersetzlich für deren Plan. Darf ich eine zufriedenstellende Einigung aushandeln?«

»Nein«, sagte Dumarest. »Das wird nicht notwendig sein. Ich weiß zu viel über den Planeten, um dorthin zu wollen. Argentis wird genauso gut sein.«

»Bitte!« Blaine griff nach vorne und berührte Dumarest am Arm. »Ich weiß nicht, wie ich das sagen soll. Für Sie mag das dumm erscheinen, aber ...« Er drehte Dumarest zum Fenster und deutete auf die Sterne. »Ich sehe sie jede Nacht«, sagte er. »Ich treffe Leute wie Sie, die zwischen ihnen gereist sind. Dort draußen sind zahllose Welten und Dinge zu sehen. Ich werde auf diesem unbedeutenden Schlammklumpen leben und sterben. Und jede Nacht werde ich die Sterne sehen und daran denken, was ich versäumt habe. Dies ist meine Chance«, sagte er. »Die Chance, rauszukommen und etwas vom Universum zu sehen. Sie haben es gesehen. Werden Sie verhindern, dass ich das Gleiche tue?«

Dumarest schaute in das Gesicht, nicht länger zynisch, irgendwie sehr jung.

»In welchem Alter«, fragte Blaine, »haben Sie Ihre Reisen begonnen?«

»Ich war zehn«, sagte Dumarest barsch. »Ich war allein und mehr als ein wenig verzweifelt. Ich fuhr auf einem Schiff als blinder Passagier mit und hatte mehr Glück, als ich verdiente. Der Captain war alt und hatte keinen Sohn. Er hätte mich rauswerfen sollen, aber er tat es nicht. Seither reise ich.«

Reisen, dachte er. Tiefer und tiefer in die unbewohnten Welten vordringen, von Stern zu Stern springen und sich dabei, weil die Sterne ferner von seinem Heimatplaneten viel dichter standen, immer weiter von der Erde fortbewegen. Weiter und weiter, bis sogar die Legende vergessen war und der Name an sich zu einem Scherz wurde.

»Zehn«, sagte Blaine. »Und wie alt sind Sie heute?«

Es war eine Frage, die er unmöglich beantworten konnte. Die Zeit hielt an, wenn man niedrig reiste; verlangsamte sich fast bis zum Stillstand, wenn man hoch reiste. Chronologisch musste er sehr alt sein; biologisch war er es nicht. Aber neben Blaine spürte er das Alter der Erfahrung, das einzige System des Nachrechnens, das irgendeinen Wert besaß.

»Sie werden ihre Meinung ändern«, sagte Yamay. Der Hausi besaß eine gute Menschenkenntnis. »Habe ich nicht recht?«

»Ja«, sagte Dumarest schwer. »Sie haben recht.«

* * *

Die Einzelheiten waren im Grunde genommen simpel und der Vermittler würde sich um alle kümmern, bis auf eine. »Der Verkauf des Gelées kann nicht meine Angelegenheit sein«, sagte er. »Es ist jedoch keine Frage der Moral, verstehen Sie, sondern des Überlebens. Wenn die Kunde von der Transaktion hinausdringt, muss ich frei von jedem Verdacht sein. Um Scuto Dakarti müssen Sie sich selber kümmern.«

Der Händler hatte keine Gewissensbisse. Er wollte Ambrosaira und es interessierte ihn nicht wirklich, woher sie kam. Ohne langfristiges Interesse an Hive konnte er dem gerecht werden, was er behauptete zu sein. Er hörte sich an, was Dumarest zu sagen hatte, schürzte seine Lippen, als Mengen erwähnt wurden, schenkte Wein aus, um den Handel abzuschließen.

»Ich werde Gelder an den Hausi überweisen, sowie ich im Besitz des Gelées bin«, sagte er und korrigierte sich nahezu augenblicklich: »Wenn es sicher an Bord meines Schiffes ist«, ergänzte er, nachdem er den Wein probiert hatte. »Sie haben Verständnis für meine Vorsicht?«

»Ja, aber Zeit ist von Bedeutung. Ihr Schiff ist auf dem Feld?«

»Ist es. Würde ich nicht hoffen, meinen Vorrat zu vergrößern, wäre ich versucht, es als Charter anzubieten. Vielleicht werde ich das. Folgone würde einen guten Absatz für das bieten, was ich zu verkaufen habe.«

»Verlängertes Leben«, sagte Dumarest. Er war jung genug, um die Aussicht mit sachlichem Abstand zu betrachten. »Nach dem, was ich gehört habe, kann der andauernde Gebrauch von Gelée zu unangenehmen Effekten führen.«

»Das ist wahr.« Scuto Dakarti hob die Flasche und wartete, bis Dumarest getrunken hatte, um ihm mehr Wein zu geben. »Aber wenn sie alt wären und nach dem Leben gierten, würde diese Überlegung sie von seinem Gebrauch abbringen? Glauben Sie mir, mein Freund, jene, die nach Folgone gehen, sind verzweifelt genug, jedes Heilmittel zu versuchen. Mehr noch jene, denen es nicht gelingt, einen Platz zu erlangen.«

Dumarest runzelte die Stirn; der andere sprach von Dingen, von denen er nichts wusste. »Platz? Sind auf dem Planeten nicht alle willkommen?«

»Doch, schon, aber es können nicht alle versorgt werden. Sie werden von den Schwierigkeiten auf der Reise erfahren. Es wird genug Zeit sein.« Der Händler trank von seinem Wein. »Ich weiß von der Situation«, sagte er. »Es ist faszinierend. Der Alte Herr, der der Oberste der Caldor ist und dem gehorcht werden muss. Die Familie, die es als ihre Pflicht erachtet zu gehorchen. Das Mädchen, das Sie lieben und das, so sagt man, Sie liebt. Die zwei Brüder.« Er leerte sein Glas. »Sie haben selbstverständlich die Auswirkungen erkannt?«

»Ich wurde angeworben, einen Job zu erledigen«, sagte Dumarest. »Das tue ich. Dies hier ist ein Teil davon; den Rest werde ich auf Folgone erledigen. Die Bezahlung«, fügte er hinzu, »ist großzügig.«

»Sie könnte großzügiger sein, als Sie glauben«, sagte Dakarti. »Wenn Sie einen Platz für den Alten Herrn erlangen, wird er rechtlich für tot erklärt. Das Erbe des Hauses Caldor wird Johan zufallen, dem Vater des Mädchens. Er würde ihr, wegen der Liebe, die er für seine Tochter hegt, zweifellos erlauben, den Mann ihrer Wahl zu heiraten. Sie scheinen dieser Mann zu sein. Mit genug Zeit, mein Freund, könnten Sie das amtierende Oberhaupt des Hauses Caldor werden. Der Besitzer«, fügte er hinzu, »des elften Teiles des Planeten Hive.«

»Darüber hatte ich nicht nachgedacht«, gab Dumarest zu.

»Das sollten Sie. Es wäre für jeden Mann eine ziemlich bedeutende Leistung. Mehr noch für jemanden, der nichts besitzt außer seiner natürlichen Stärke und Schläue, um ihm zu helfen. Mehr Wein?«

Dumarest fragte sich, ob der Mann versuchte, ihn betrunken zu machen. Falls ja, würde dieser etwas Stärkeres als Wein brauchen.

»Sie verstehen nun, warum ich mich persönlich beteiligt fühle«, sagte Dakarti. »Als potenzieller Eigner eines ziemlich großen Teiles dieser Welt wären Sie in einer einmaligen Position. Sie werden nicht von der Tradition behindert. Sie wären bereit, ihren dummen Pakt zu verletzen, wenn Sie, indem Sie es tun, den Vorteil erlangen könnten. Und es würde Ihnen nicht an Freunden mangeln, die dafür sorgen würden, dass Sie genau den erhielten. Sie würden am Ende, mit etwas Glück, den gesamten Planeten besitzen. Sie hätten das Monopol auf Ambrosaira. Können Sie sich im Geringsten vorstellen, was das bedeuten würde?«

Reichtum natürlich und damit Macht, die zwei Dinge die am wahrscheinlichsten jeden Mann ansprechen würden. Und der Händler hatte recht. Beides könnte er in Händen halten. Alles, was er tun musste, war einen Platz auf Folgone erlangen und ein Mädchen heiraten. Nein, nicht bloß ein Mädchen, nichts derart Einfaches. Eine Telepathin heiraten. Das war ein Unterschied. Eine Telepathin heiraten und die Erde vergessen.

Mit einer Frau wie Derai wäre er möglicherweise in der Lage, das zu tun.

10

Folgone war ein trostloser Ort, eine Welt des Eises und gefrorener Gase, der einzige Planet eines weißen Zwergsterns. Die Oberfläche war unfruchtbar; was an Leben existierte, war tief in gigantischen Höhlen begraben, beleuchtet von und gewärmt durch radioaktive Elemente ... das versiegelte Gefängnis einer Welt, von der es keine eigenmächtige Flucht geben konnte.

»Mir gefällt das nicht.« Blaine rümpfte seine Nase, als sie aus dem Fallschacht traten, der sie von der Luftschleuse oben Kilometer hinabgetragen hatte. »Die Luft riecht schlecht.«

Dumarest sagte nichts dazu. Er verlagerte das Gewicht von seinen Armen und Schultern. Er und Blaine stützten die kokonartig eingesponnene Masse des Alten Herrn und sie war sowohl schwer als auch unangenehm. Auf der einen Seite beriet sich Emil mit dem Cyber. Derai stand alleine und bewegte sich nicht. Bevor er mit ihr sprechen konnte, verlangte der Führer, den Emil engagiert hatte, nach ihrer Aufmerksamkeit.

»Hier entlang, wenn ich bitten darf.« Carlin deutete dorthin, wo drei Meter hohe Wände aus ausgewalztem Plastik standen. »Dort drüben sind Ihre Unterkünfte. Gemütlich, privat, ein Ort, um zu ruhen. Wir werden in einem Augenblick dort sein.«

Es dauerte zehn Minuten und Dumarest schwitzte, als sie eintrafen. Es war nicht nur wegen des Gewichts ihrer Last; die Luft war warm, von einer schwülen Hitze erfüllt, feucht, voller verstörender Gerüche. Innerlich stimmte er Blaine zu. Es roch schlecht, ekelhaft, schwer mit dem Hauch von Fäulnis und Verwesung.

Von seiner Last befreit, sah er sich um. Die Plastikwände erstreckten sich auf einer Seite, füllten beinahe die Spitze eines Halbmonds. Reihen eng stehender Zelte füllten die andere, die weit abgelegene, über anderthalb Kilometer entfernte Spitze. Gegenüber dem Fallschacht stand eine Steinwand von neun Metern Höhe und bildete die innere Wand des Halbmondes. Darauf fanden sich Fangzähne aus nach außen gewandtem Stahl. Weite Türen, nun geschlossen, boten den einzigen sichtbaren Durchgang durch die Barriere.

»Dies ist das nahe Tor«, sagte Carlin. Er war jung, entschlossen, begierig darauf, sein Wissen zu zeigen. Er war kein Einheimischer des Planeten – keiner der Führer war das. Die wahren Einheimischen zogen es vor, ungesehen zu bleiben. »Es öffnet sich nur zur Zeit des Eintritts.«

»Ist das, wo die Wettbewerbsteilnehmer eintreten?«

»Ja. Die erfolgreichen Aspiranten werden auf einem anderen Weg zum Zentrum geleitet.«

Dumarest nickte, schaute hinauf. Über ihren Köpfen bog sich die Decke in einem gewaltigen Schwung hinauf und fort, ein leuchtender Dunstschleier, der in der Ferne verschwand. Die Höhle musste riesig sein. Blaine stellte seine Frage.

»Dieser Platz ...« Er deutete auf die Fläche, auf der sie standen. »Warum ist er so klein?«

»Er ist groß genug und nur in Zeiten wie diesen gefüllt«, erklärte der Führer. »Es gibt Unterhaltungsmöglichkeiten«, fügte er hinzu. »Ein Jahrmarkt belegt das andere Ende und Nahrung sowie Erfrischungen können natürlich vom Proviantmeister erworben werden. Wünschen Sie, dass ich Ihnen etwas bringe? Wein, vielleicht?«

»Ja«, sagte Blaine.

»Ich hole ihn.« Dumarest wollte die Chance nutzen, sich umzuschauen. »Sagen Sie mir bloß, wo es ist.«

Er hörte Stimmen, als er mit den Flaschen zurückkehrte. Die Kammern der labyrinthartigen Struktur hatten keine Decke, boten visuelle Privatsphäre, aber wenig anderes. Leise trat er ein und setzte seine Last ab. Derai, bemerkte er, war abwesend, ebenso Regor. Sie kümmerten sich vermutlich um den Alten Herrn.

»Ich erklärte gerade das System, nach dem Plätze vergeben werden«, sagte Carlin zu Dumarest. »Soll ich fortfahren?«

»Nur zu.«

»Wie ich sagte, es stehen pro Zulassungsperiode lediglich eine begrenzte Zahl Plätze zur Verfügung«, sagte der Führer. »Es gibt jedoch viele Bewerber um diese. Zu viele. Es wird also eine Methode benötigt, um zu bestimmen, wer Erfolg haben und wer scheitern soll.«

»Sie könnten Lose ziehen«, schlug Blaine vor. Er griff nach einer der Weinflaschen. »Oder sie könnten sie an den höchsten Bieter versteigern.«

»Könnten sie«, gab Carlin zu. »Aber sie tun es nicht. Die Wächter erlauben es allen, die über die notwendige Gebühr verfügen, dem Wettbewerb beizutreten. Einige Bewerber melden natürlich mehr als einen Herausforderer an. Ich habe einen Mann gekannt, der mindestens zwanzig Mann angemeldet hat.«

»Und wenn sie gewinnen?« Emil war interessiert. »Wenn sie sich alle einen Platz verdienen?«

»Sie würden alle verfügbaren Plätze erhalten, in der Reihenfolge ihres Erscheinens am fernen Tor.«

»Also ist es für einen Mann möglich, durch Stellvertreter alle in einer Zulassungsperiode verfügbaren Plätze zu gewinnen?«

»Das ist so.«

Blaine sah schnell das Offensichtliche. »Dann wäre ein Mann, wenn er reich genug ist, in er Lage, andere zu engagieren, für ihn anzutreten. Sie würden alle Plätze gewinnen, die er dann gewinnbringend versteigern könnte. Wie ist das, Earl? Wollen wir in das Geschäft einsteigen?«

Dumarest antwortete nicht.

»Dann du, Onkel.« Blaine war enthusiastisch. »Du liebst Geld und hier ist eine Chance, welches zu verdienen. Du könntest mit einhundert gut ausgebildeten Kämpfern heimkehren und wirklich aufräumen.« Er schaute zu dem Führer. »Gibt es Vorschriften, die jemandem verbieten, das zu tun?«

»Nein. Aber falls Sie hoffen, die Marktmehrheit erlangen zu können, es gibt Schwierigkeiten, solch einen Plan auszuführen. Zum einen wären die Ausgaben enorm. Zum anderen hätten Sie immer noch keine Sicherheit, auch nur einen einzigen Platz zu gewinnen. Der Wettbewerb ist nicht nur eine Frage zahlenmäßiger Stärke.«

Emil räusperte sich. »Was ist er dann? Wie kann ein Mann hoffen, seine Chancen zu verbessern?«

»Indem er mehr als einen Herausforderer in seinem Auftrag arbeiten lässt.«

»Abseits dessen?«

»Ich weiß es nicht«, gab der Führer zu. »Keiner außer einem erfolgreichen Herausforderer könnte es wissen. Sie verstehen die Regeln?« Er hielt inne, wartete, fuhr fort, als er keine Antwort erhielt. »Sie sind sehr einfach. Die Herausforderer betreten das Kampfgebiet am nahen Tor. Jene, die die Zone durchqueren und das ferne Tor erreichen, werden als die Gewinner erachtet. Es wird so vielen Männern gestattet, es zu durchqueren, wie Plätze verfügbar sind. Dann wird das Tor geschlossen.«

»Und die anderen? Die Verlierer? Jene, die zu spät eintreffen?« Blaine erriet die Antwort. »Sie sterben«, sagte er. »Man lässt sie verhungern.«

Er sah Derai nicht, als sie die Kammer betrat, um sich hinter Dumarest zu stellen, und eine Hand auf seine Schulter legte.

»So ist es.« Carlin war betreten. »Nun verstehen Sie, warum es einen Mann von seltenem Mut erfordert, um zu versuchen, einen Platz zu gewinnen. Die Chancen stehen immer gegen ihn. Es reicht für ihn nicht zu gewinnen. Er muss unter den Ersten sein, die es tun. Falls nicht, verliert er sein Leben.«

»Earl!«

Er spürte, wie die Hand seine Schulter packte, wie sich die Finger den Knochen entgegenbohrten, spürte die Furcht, die sie wie einen Mantel umhüllte. Er hob seine Hand, um die ihre zu ergreifen. Mit der anderen reichte er nach dem Wein.

»Wenn die Chancen schlecht stehen«, sagte er ruhig, »müssen wir sie verbessern. Lasst uns darauf trinken.«

Er spürte, wie sie sich entspannte, als der Wein seine Kehle herabfloss.

* * *

Die Erde war schwarz wie gekörnte Kohle oder Holzkohle, voller Mineralien, aber bar allen Humus, schien eher wie zerstoßener und aufbereiteter Stein anstatt wie die natürliche Einlagerung von Wald und Farn. Blaine bückte sich, hob eine Handvoll auf, ließ sie durch seine Finger rieseln. Das Leuchten der Decke war überall um sie, vertrieb Schatten, verzerrte Entfernungen. »Sind Sie sicher?«, fragte er, schaute nicht zu Dumarest. »Sind Sie sicher, dass Sie das durchziehen wollen?«

»Habe ich eine Wahl?«

»Ich denke, die haben Sie.« Blaine streckte sich, staubte schwarze Körnchen von seiner Hand ab. »Sie sind kein Caldor«, sagte er. »Sie schulden uns keine Loyalität. Ein kalkuliertes Risiko gegen Bezahlung ist eine Sache, aber das hier ist anders.« Seine Stimme wog schwer, war ernst. Was Carlin ihnen gesagt hatte, machte ihm gedanklich zu schaffen. »Und da ist Derai«, fügte er hinzu. »Sie braucht Sie. Sie müssen diese Sache nicht tun.«

»Wer dann?«, fragte Dumarest. »Sie?«

»Es ist mein Platz.«

»Vielleicht.« Dumarest sah sich um. Sie standen vor der Kammer aus ausgewalztem Plastik und blickten auf den freien Platz vor dem Tor. Männer übten dort. Er zeigte auf sie. »Da sind einige Ihrer Gegenspieler. Schauen Sie sich die an. Könnten Sie irgendeinem von denen gegenübertreten und hoffen zu überleben?« Er wartete nicht auf eine Antwort. »Die sind die wahre Gefahr. Was hinter dieser Wand liegt, kann schlimm genug sein, aber nichts in diesem Universum ist so gefährlich wie ein Mann, der entschlossen ist zu überleben. Um das zu tun, würden die sie freudig töten. Sind Sie vorbereitet, sich solch einer Gefahr zu stellen?«

»Ich könnte es versuchen«, sagte Blaine. Röte befleckte seine Wangen. »Verdammt, ich könnte es versuchen!«

»Das könnten Sie«, stimmte Dumarest zu. »Sie könnten es versuchen und würden scheitern, was also ist der Zweck, es überhaupt zu versuchen? Ein weiser Mann erkennt seine Grenzen. Seien Sie weise, Blaine. Und leben Sie!«

»Und Sie?«

»Ich bin stur«, sagte Dumarest. »Und gierig. Ich werde hierfür bezahlt, vergessen Sie das nicht. Und ich habe die Absicht, lange genug zu leben, um meinen Lohn zu genießen.« Er wandte sich um, als Derai aus dem ausgewalztem Plastik hervortrat. In dem

Licht war ihr Haar ein Strahlenkranz aus Silber. Ihre Augen waren Schatten gegenüber der weißen Farbe ihres Gesichtes. Ihre Hand war kalt, als sie in seine eigene glitt, so kalt wie die Oberfläche der Welt Folgone.

»Du hast einen Plan«, sagte sie ihm. »Du kennst einen Weg, um deine Chancen zu verbessern. Du hast nicht gelogen.«

Das war nicht notwendig gewesen; die Wahrheit war einfach genug. Männer hatten schon immer auf jedes Thema gewettet, bei dem es Zweifel über den Ausgang gab, und Spieler hatten schon immer versucht, die Chancen zu ihren Gunsten zu biegen. Männer, die Erfahrung erlangt hatten, waren stets bereit, sich solche Leute zu Nutze zu machen. Es war nur notwendig, sie zu finden. Dumarest hatte wenig Zweifel, wo das sein würde.

Der Jahrmarkt war wie alle Jahrmärkte in einen begrenzten Bereich gezwängt, aber darum nur umso aufregender. Stimmen riefen, als sie zwischen den Zelten entlanggingen, machten Angebote, bettelten, redeten ihnen zu, gaben ihr Bestes, Geld aus einer Tasche zu ziehen und in eine andere, eigene zu stecken. Boten im Gegenzug einen Augenblick geschmückter Fantasie.

»Ich sag deine Zukunft voraus, Schätzchen!« Eine vertrocknete Vettel saß auf einem Stuhl vor einem mit Sternsymbolen dekorierten Zelt. »Erfahre die Zukunft und erspare dir ein gebrochenes Herz.« Sie grinste Dumarest anzüglich an. »Erfahre die Geheimnisse des Herzens einer Frau.«

»Drei Versuche! Triff einmal und du gewinnst den Preis!« Ein Mädchen winkte mit einem Blasrohr und wandte sich anderen zu, als sie vorbeigingen.

»Sie, Sir!« Ein Mann rief zu Blaine. »Sie tragen den Dolch nicht aus Spaß. Zehn zu eins, wenn unser Mann zuerst blutet!«

»Die Geheimnisse der Konkurrenz!«, grölte ein Mann. »Erfahren Sie, was hinter der Wand liegt! Der ganze Spaß des Wettbewerbs und nichts von seinem Risiko!«

Dumarest zögerte, schaute sich den Mann an. Er war klein, vernarbt, von stämmigem Körperbau.

»Er lügt«, flüsterte Derai. »Er weiß nichts.«

Sie gingen weiter.

Gingen die gesamte Länge der mittleren Gasse entlang und den zweiten Weg zurück, hielten an, als ein Mädchen vorwärtslief und ihre Arme um Dumarest warf.

»Earl!« Sie umarmte ihn fester, enger. »Es ist schön, dich zu sehen. Bist du gekommen, um nach mir zu suchen?«

»Nada.« Er trat zurück, löste sich aus ihrer Umarmung, überrascht, sie zu sehen. Doch es gab keinen Grund, überrascht zu sein. Es war auf der langen Reise nach Hive und der längeren nach Folgone genug Zeit für den Jahrmarkt gewesen, seine Route zu bereisen. Für ihn war es lediglich eine Angelegenheit von Tagen gewesen. Für sie würden es Wochen oder Monaten gewesen sein. »Wie geht es Aiken?«

»Tot.« Sie schaute zu Derai, zu Blaine, wieder zu Derai. »Er musste niedrig reisen und hat es nicht geschafft. In gewisser Weise«, sagte sie betont, »hast du ihn getötet. Wenn du uns nicht verlassen hättest, würde er noch leben.«

»Ich bezweifle es«, sagte er trocken. Er stellte die Frau seinen Begleitern vor. Derai sagte nichts. Blaine war beeindruckt.

»Sie arbeiten auf dem Jahrmarkt?«, fragte er höflich.

»Dort.« Sie ruckte ihren Kopf dorthin, wo ein Mann vor einem Zelt stand. Er jonglierte Messer, schickte sie in einem glitzernden Strom hoch in die Luft und fing ihre Griffe geschickt auf, wenn sie fielen. »Er ist gut«, sagte sie. »Er kann eine Klinge werfen und über zwanzig Schritt hinweg einen dünnen Ast aufspalten. Besser als du, Earl.«

»Er hat mehr Übung.« Dumarest schaute sich den Mann an. Er war dunkelhäutig, jung, gut aussehend. Er lächelte mit einem Aufblitzen weißer Zähne und ließ die Messer in ein Brett zu seinen Füßen aufschlagen. Er sprang vor und streckte seine Hand aus.

»Jacko«, sagte er. »Ich hab von Ihnen gehört. Vielleicht können wir uns einmal zusammentun?«

»Vielleicht«, sagte Dumarest. »In der Zwischenzeit suche ich nach jemandem, der den Wettbewerb gewonnen hat. Niemanden«, betonte er, »der jemanden kennt. Oder der behauptet, es getan zu haben. Ich will eine Person, die es wirklich getan hat. Weißt du, wo ich so jemanden finden könnte?«

»Warum?« Nadas Augen weiteten sich, als sie Dumarest ansah. »Du bist ein Herausforderer«, warf sie ihm vor.

Er nickte.

»Du Narr!«, sagte sie. »Du dummer Narr!« Sie schaute zu Derai. »Hast du ihm das in den Kopf gesetzt?«

»Es ist meine eigene Idee«, sagte Dumarest ungeduldig. »Kennst du den Mann, den ich suche, oder nicht?«

»Ich kenne ihn«, sagte sie. »Aber er wird dir etwas sagen, was du nicht hören willst. Er wird dir sagen, du hast nicht die geringste Hoffnung, lebendig durch den Wettbewerb zu kommen!«

* * *

Sein Name war Lucian Notto. Er war ein Mann mittleren Alters, hochgewachsen, dünn, mit tief sitzenden Augen und der nervösen Angewohnheit, auf seiner Unterlippe zu kauen. Er betrat das Zelt und sah sich um wie ein lauerndes Tier, entspannte sich erst, als Nada sie einander vorstellte. Er setzte sich an den kleinen Tisch, als sie ging, und bediente sich am Wein. Der Hals der Flasche klapperte am Rand des Glases, während er eingoss.

»Ich muss vorsichtig sein«, sagte er. »Sie können das sicher verstehen.«

»Warum?« Dumarest war barsch. »Sie haben Informationen«, betonte er. »Sie sind bereit, sie zu verkaufen. Ich bin bereit, sie zu kaufen. Was ist so gefährlich daran?«

Notto trank und füllte sein Glas erneut. Das Licht, das durch den durchscheinenden Stoff des Zeltes fiel, gab seinem Gesicht eine ausgemergelte, geisterhafte Erscheinung. Nadas Parfüm, das in der Luft verweilte, ergänzte die Widersprüchlichkeit. Draußen standen Blaine und Jacko Wache. Die drei saßen in dem Zelt in einem abgeschotteten Raumausschnitt – ein angemessener Ort, um Geheimnisse zu enthüllen.

»Sie sind jung«, sagte Notto, schaute auf seinen Wein. »Und ungeduldig. Und«, ergänzte er, »vielleicht sogar ein bisschen naiv. Glauben Sie ernsthaft, dass die Einheimischen dieses Ortes möchten, dass ich Ihnen alles sage, was ich weiß?«

»Was sie möchten, spielt keine Rolle«, sagte Dumarest rau. »Was Sie mir sagen können, tut es.« Er streckte seine Hand aus. Derai ergriff sie und schloss ihre Finger um seine. »Ich will nichts als die Wahrheit«, warnte er. »Und ich werde sie erkennen. Wenn Sie vorhaben zu lügen, gehen Sie jetzt.«

»Und wenn ich bleibe?«

»Dann werde ich Sie bezahlen«, sagte Dumarest. »Nun, um zu beginnen, haben Sie wirklich den Wettbewerb gewonnen?«

»Das habe ich.«

Dumarest wartete auf den leichten Druck gegen seine Finger. Es gab keinen. Der Mann sagte die Wahrheit.

»Erzählen Sie mir davon.« Er griff nach vorne und entfernte die Weinflasche aus Nottos Reichweite. »Später«, versprach er. »Wenn unser Geschäft abgeschlossen ist. Nun reden Sie!«

Er lehnte sich zurück, hörte zu, spürte Derais Hand weich in seiner eigenen. Das System erschien einfach genug. Zu einer bestimmten Zeit wurde das Tor geöffnet. Es blieb offen, während die Herausforderer hindurchgingen. Drinnen zogen sie Lose für ihre Position an der inneren Wand. Manche kamen früh, in der Hoffnung, einen bevorzugten Platz zu erlangen. Andere kamen später, beinahe im letzten Moment, darauf vertrauend, dass andere die ungewünschten Positionen gezogen hatten. Schließlich wurde das Tor geschlossen und das Signal gegeben. Ab da war jeder Mann auf sich gestellt.

»Diese Positionen«, sagte Dumarest. »Woher weiß man, welche gut und welche schlecht sind?«

»Sie erhalten eine Karte«, sagte Notto. »Innen ist es ein wenig wie ein Labyrinth. Manche Routen sind einfach, andere schwer. Ein guter Start lässt Sie Ihre Route wählen.«

»Können andere nicht folgen?«

»Das könnten sie, aber es wäre nicht klug. Die Gegend ist nicht leer. Etwas mag den ersten Mann, der es passiert, verfehlen, aber es würde bei dem zweiten nicht erfolglos sein.«

»Etwas?« Dumarest runzelte die Stirn. »Wie beispielsweise?«

»Fallen, Schlingen, Dinge, die stechen oder kratzen, Kreaturen der einen oder anderen Art. Ihre Vermutung ist so gut wie meine.«

»Sie wissen es nicht?«

»Ich habe nichts davon getroffen«, gab Notto zu. »Ich war einer der Glücklichen. Ich zog eine gute Position und folgte ihr. Es gab ein paar schwierige Stellen«, erinnerte er sich, »aber nichts, dem ein wachsamer und agiler Mann nicht ausweichen könnte.«

»Die Karte«, sagte Dumarest. »Sie endete am fernen Tor?«

Notto nickte. Er schaute zu, wie Dumarest die Flasche aufnahm und Wein auf den Tisch goss. Mit einem feuchten Finger zeichnete er die Linien, den Anfang einer Karte. »Beenden Sie sie«, befahl er.

»Aber ich sagte Ihnen, Sie erhalten eine Karte!«

»Vom Kampfgebiet vielleicht, aber daran bin ich nicht interessiert.« Dumarest deutete auf das, was er gezeichnet hatte. »Beenden Sie sie.«

Notto runzelte die Stirn, zeichnete, zögerte, zeichnete erneut. »Das ist es, so gut ich kann«, sagte er. »Alles, woran ich mich erinnern kann.«

Das Kampfgebiet wirkte wie ein abgeflachtes Ei mit Toren beinahe einander gegenüber entlang der kurzen Achse. Jenseits des fernen Tores lag ein unbestimmtes Gebiet. Dumarest zeigte darauf. »Was liegt dort?«

»Das Zentrum. Wohin sie die Anwärter bringen. Dahinter liegt etwas anderes. Ich habe keinen genauen Blick darauf werfen können, aber es schien eine Ansammlung von Pflanzen zu sein. Etwas wie ein Wald«, erklärte Notto. »Ein Wald von kleinen Bäumen, die große Schoten trugen, um die dreieinhalb Meter lang.«

»Nachdem Sie gewonnen hatten, was passierte dann?« Dumarest blickte die Karte finster an. »Wie kamen Sie zurück?«, verlangte er zu wissen. »Es muss einen anderen Weg zum Zentrum geben«, betonte er. »Können Sie sich an ihn erinnern?«

»Nein, ich wurde durch ein Labyrinth von Durchgängen gebracht und einen Schacht hinaufgeschickt.« Notto kaute an seiner Unterlippe. »Das ist alles, was ich Ihnen sagen kann.«

Es war nicht genug. Ärgerlich wischte Dumarest mit der Hand über den Tisch, zerstörte die Karte. »Was ist mit Waffen?«

Notto schüttelte seinen Kopf. »Sie gehen mit leeren Händen hinein.« Er beugte sich herüber und hob die Weinflasche auf. Dumarest beugte sich vor und riss sie ihm aus den Händen.

»In Ordnung«, sagte er fest. »Sie hatten Ihren Spaß. Fangen wir nun mit ein paar wirklichen Fakten an. Bisher haben Sie mir nichts gesagt, was es wert war, dafür zu bezahlen. Wenn ich meinen Hals riskiere, will ich genau wissen, womit ich es zu tun habe. Ich will wissen, wie ich gewinne. Wenn Sie bezahlt werden wollen, ist es das, was Sie mir sagen werden. Nun reden Sie«, blaffte er. »Oder ich geben Ihnen die Flasche wieder – geradewegs in den Hals gerammt.«

Notto schluckte, zitterte, Schweißperlen auf seiner Stirn. »Ich ...«, keuchte er. »Ich – schauen Sie mich nicht so an!«

»Ich will die Wahrheit«, sagte Dumarest. »Die ganze. Warum hat Nada gesagt, dass ich keine Chance hätte durchzukommen?«

»Weil Sie keine haben«, sagte Notto. Er tupfte sein Gesicht mit einem schmutzigen Taschentuch ab. »Niemand hat die, es sei denn, er hat Glück. Es ist manipuliert«, sagte er schnell. »Verstehen Sie nicht? Es ist manipuliert. Die Gewinner werden zum Zeitpunkt der ersten Ziehung bestimmt!«

11

Er erwachte, hörte Schreie, rollte von seiner Liege und stand aufrecht, alles in einer schnellen Bewegung. Sie erklangen erneut und er rannte, stieß hart gegen etwas, zerriss Plastik, um eine Öffnung zu erzwingen. Blaine starrte ihn an, den bloßen Dolch in seinen Händen, das Gesicht erschüttert.

»Derai!«

Die Schreie erklangen ein drittes Mal und dann war Dumarest in ihrer Kammer, kniete neben ihrer Liege, die Stimme tröstend, als er sie mit schützender Zärtlichkeit umgab. Wie ein Kind klammerte sie sich an ihn, zitterte.

»Derai!« Blaine schaute in den Raum. Schnell suchte er ihn mit seinen Augen ab. »Geht es dir gut?«

»Ein Albtraum.« Dumarest sprach über seine Schulter. »Jetzt geht es ihr gut.«

»Sind Sie sicher?«

»Ich bin sicher.«

Blaine zögerte und schaute auf seinen Dolch. Gegen die Schrecken des Geistes war diese Waffe nutzlos. Ungeduldig stieß er sie in seine Scheide zurück. Weder sie noch er wurden in diesem Moment gebraucht.

»Earl!« Ihre Fingernägel gruben sich in seinen Nacken. »Earl!«

»Beruhige dich jetzt«, tröstete er sie. »Du hattest einen schlechten Traum. Das ist alles, was es war.«

Sie schüttelte ihren Kopf. »Es war schrecklich! Ich sah endlose Reihen unverhüllter Gehirne, die in einer Art Behälter ruhten, alle denkend, am Leben und sich ihrer selbst bewusst. Ich hörte Stimmen und dann schien sich das Universum zu öffnen und ich wurde eins mit allen denkenden Wesen.« Ihr Zittern nahm zu. »Earl, werde ich verrückt?«

»Du hast geträumt«, sagte er erneut. »Ein Albtraum.«

»Nein. Das nicht.« Sie zog sich etwas zurück, ihre Augen auf sein Gesicht gerichtet. Hungrige Augen, verzweifelt, den Anblick seiner Gesichtszüge aufsaugend. »Es war so real«, sagte sie. »Als wäre mein Verstand der eines anderen. Als wäre ich vollständig mit dem Hirn eines anderen gleichgestimmt. Jemand, der völlig entspannt war. Entspannt und sich dabei nur auf eine Sache konzentrierend. Wenige Leute können das«, sagte sie. »Da sind immer Umgebungsgeräusche und Verwirrung. Aber dies war ein geschulter Geist. Und klar. So völlig klar.«

Er sagte nichts, streichelte das silberne Wunder ihrer Haare, sein Körper reagierte auf die Nähe des ihren.

»Es war wie Regors Gehirn«, sagte sie. »Er muss einen solchen Verstand haben. Geschult, auf kühle Weise logisch, ein effizientes Werkzeug, um es bei geistigen Taten zu verwenden.«

»Beneidest du ihn?«

»Nein«, sagte sie. »Er macht mir Angst. Er betrachtet mich als Eigentum. Als etwas, das man benutzt. Nicht als Frau«, ergänzte sie. »Derartiges kann er nicht fühlen. Aber als jemand Wichtiges, der nicht verschwendet werden darf.«

»Darin sind wir einer Meinung«, sagte Dumarest.

Sie kuschelte sich an seine Brust. »Diese Frau«, sagte sie. »Die, die du Nada genannt hast. Sie liebt dich.«

»Nein.«

»Das tut sie«, beharrte Derai. »Ich weiß es. Sie liebt dich und ist eifersüchtig auf mich. Eifersüchtig!« Das Wort war ein Schmerzensschrei. »Worauf? Auf einen Freak?«

»Hör auf!«

»Warum sollte ich? Es ist wahr, oder nicht? Das ist, was sie alle über mich denken. Ustar und Emil und manchmal sogar mein Vater. Jemand Ungewöhnliches. Jemand Andersartiges. Jemand, mit dem es unmöglich ist, ungezwungen zu sein. Kannst du ungezwungen sein, wenn du bei mir bist?« Ihre Augen hielten seine eigenen, suchten, bohrten. »Kannst du?«

»Ich liebe dich.«

»Ist das eine Antwort, Earl?«

»Es sollte eine sein. So, wie ich Liebe sehe, ist sie es. Was sonst kann ich sagen?«

»Nichts«, sagte sie. »Aber sage es weiter. Ich höre es gerne, wenn du es tust.«

Er gehorchte, streichelte ihr Haar, seine Hand eng an ihren dünnen Schultern.

Sie seufzte. »Diese Frau«, sagte sie. »Nada. Sie könnte dir so viel geben. Söhne, ein normales Leben, Begleitung, die überall willkommen wäre. Du würdest mit ihr glücklich sein. Du könntest dich entspannen und deine eigenen Gedanken denken und müsstest dich niemals fragen, ob sie, in jedem Augenblick, deine Gedanken liest. Warum liebst du nicht sie, Earl?«

»Weil ich dich liebe.«

»Wirklich, Earl?«

Er ergriff ihre Schultern, bewegte Derai so, dass er in ihr Gesicht starren konnte. »Hör zu«, sagte er barsch. »Dies ist kein Spiel. Für mich ist es keines und ich hoffe, für dich auch nicht. Lies meine Gedanken«, befahl er. »Lies sie und finde die Wahrheit. Finde sie und hör auf, das Kind zu spielen.«

»Aufhören, mir selber leidzutun«, sagte sie leise. »Aufhören, jeden, den ich treffe, in Zweifel zu ziehen. Aufhören, mich zu fragen, ob du mich liebst oder das, was ich dir bringen könnte. Geld, Earl. Viel Geld. Sicherlich hast du darüber nachgedacht?«

Er blickte sie an, sein Gesicht wie Stein.

»Du hast darüber nachgedacht, Earl«, beharrte sie. »Kannst du es abstreiten?«

»Nein.« Dakarti hatte den Gedanken eingepflanzt; er konnte es nicht abstreiten.

»Nun, Earl?«

Er erhob sich, war sich der Zwecklosigkeit von Worten bewusst, wusste, dass es nichts gab, was er sagen, und nur eines, was er tun konnte.

Alleine weinte sie lange in ihr Kissen.

* * *

Die Wände waren in grellen Farben gehalten, rot, grün, gelb, blau, drei Quadratmeter, die zur Decke darüber offen waren. Helle Farbtöne, die Farben des Lebens, begraben hier in dieser unterirdischen Höhle, verspotteten die reglose Gestalt in der Mitte des Raumes.

Auf seiner Trage lag wie auf einer Totenbahre die Leiche des Alten Herrn.

»Wann?« Regor stand vor der roten Wand, seine Robe verschmolz mit dem Hintergrund, sodass er nicht mehr als ein rasierter Kopf zu sein schien, ein lebendes Bild ohne Rahmen. Er bewegte sich weiter und die Illusion zerbrach, als das Scharlachrot seiner Robe sich nun scharf und klar vor dem Hintergrund aus Gelb abzeichnete.

»Ich weiß es nicht.« Emil brannte vor nervöser Anspannung. Er durchmaß den begrenzten Raum der Kammer, unfähig, ruhig zu bleiben. »Ich war beschäftigt«, sagte er. »Die Details und Gebühren des Wettbewerbs abklären. Als ich zurückkehrte, kam ich hier hinein. Sofort spürte ich, dass etwas nicht stimmte. Ich überprüfte es. Nichts. Kein Puls, keine Atmung, kein Lebenszeichen. Ich versuchte, dich zu finden«, warf er ihm vor. »Du warst nicht aufzutreiben.«

»Ich war anderweitig beschäftigt.« Geschickt untersuchte er die groteske Masse auf der Trage. »Wurde das Mädchen gesichert?«

»Ich habe sie gefragt, sie hat abgelehnt. Aber ich hörte sie vor einer Weile schreien. Blaine sagte, sie habe einen Albtraum gehabt. Das könnte es gewesen sein oder sie könnte seine sterbenden Gedanken aufgeschnappt haben.« Emil hielt in seinen Schritten inne und starrte auf den toten Mann. »Tot«, sagte er bitter. »Und er hat uns nichts gesagt.«

Regor schwieg.

»All das Geld«, sagte Emil. »Fünfzehn Jahre Einkommen. Fort!«

»Ihr habt nichts verloren«, erinnerte der Cyber.

»Bist du wahnsinnig?« Emil funkelte Regor an. »Du weißt, wie ich auf das Geld angewiesen war. Du weißt, was ich damit getan hätte. Er hätte uns sagen können, wo es war. Er hätte es uns sagen können, bevor wir Hive verließen. Stattdessen hat er sein Geheimnis bewahrt. Nun ist er tot und hat es mitgenommen.« Er nahm seine Schritte wieder auf. »Und du sagst mir, ich hätte nichts verloren!«

»Das ist korrekt«, sagte Regor in seinem ausgeglichenen, monotonen Klang. »Man kann nicht verlieren, was man niemals hatte. Seid logisch, nicht emotional. Eine Wahrscheinlichkeit als einen bestehenden Fakt anzunehmen, ist falsch. Ein Versprechen ist nicht mehr als das. Bis das Geld nicht wirklich in Eurem Besitz war, war es niemals Eures. Da es nicht Eures war, konntet Ihr es niemals verlieren.«

»Und was ist mit dem Geld, das ich ausgegeben habe?«, blaffte Emil. »Die Kosten der Reise hierher? Die Ausgaben für den Wettbewerb? Geld, das wir uns kaum leisten können. Fort. Alles fort. Und wofür? Für die Selbstsucht eines toten Mannes!« Er stockte und funkelte die Leiche an, als wolle er sie mit seinem Willen zurück ins Leben holen. »Ich war zu nachgiebig«, knirschte er. »Zu weich. Ich hätte ihn zum Reden bringen sollen. Das Geheimnis von ihm erzwingen. Ihn töten, wenn es nötig gewesen wäre. Was hätte ich verlieren können?«

»Ist alles völlig verloren?«

»Was meinst du?« Emil sah den Cyber scharf an. Seine Augen glühten vor Hoffnung. »Derai«, sagte er. »Vielleicht weiß sie es? Vielleicht hat er es ihr gesagt, sogar zu allerletzt. Ich kann sie zum Reden bringen.« Er trat auf die Öffnung zu und hielt dann inne, als Regor den Weg versperrte. »Was jetzt?«

»Das Mädchen darf nicht verletzt werden«, sagte der Cyber. Seine Stimme war ruhig wie immer, eine Tatsachenaussage, kein Verlangen.

»Aber ...«

»Sie darf nicht verletzt werden.«

Emil gab auf. »Was sonst?«

»Lasst uns die Situation überdenken«, sagte Regor. Er blickte auf den toten Mann herab. Er konnte kein Bedauern fühlen, keinen Kummer. Selbst wenn er dies gekonnt hätte, hätte er weder das eine noch das andere gefühlt. Der Alte Herr hatte seinen Zweck erfüllt. »Unser ursprünglicher Grund, nach Folgone zu kommen, ist nun entkräftet«, fuhr er fort. »Und was bleibt? Dumarest wird an dem Wettbewerb teilnehmen. Die Gebühr wurde bezahlt und wird nicht erstattet werden. Wir verlieren demnach nichts, wenn wir ihm erlauben, teilzunehmen wie ursprünglich beabsichtigt. Er könnte sogar gewinnen.«

Emil nickte, der Blick aufmerksam. »Der Alte Herr ist tot«, sinnierte er. »Sein Platz wird vakant sein. Wenn Dumarest gewinnt, können wir ihn zum Verkauf anbieten. Solche Plätze bringen einen hohen Preis und wir könnten viel von dem, was ausgegeben wurde, wieder hereinholen. Aber wenn er nicht gewinnt?«

Dann stirbt er, dachte er. Das war auch zufriedenstellend. *Es schafft ihn aus dem Weg*, sagte er sich. *Es schafft ihn uns ein für alle Mal vom Hals. Derai würde niemanden haben, nach dem sie sich verzehren könnte. Sie könnte niemandem die Schuld geben. Ustar wäre gerächt und der Weg für ihn wäre frei, das Mädchen zu heiraten.* Emil fühlte, wie er sich entspannte. So oder so, er konnte nicht verlieren.

* * *

»Trink das«, sagte Nada. »Krieg es alles runter.«

Sie stand an der Seite der Liege, als sie ihm das schäumende Glas anbot. Dumarest schaute zu ihr auf, roch ihr Parfüm, war sich ihrer Weiblichkeit bewusst. Sie trug ein durchscheinendes Gewand eng um ihren Körper. Ihr langes, dunkles Haar fiel lose über ihre Schultern. Starkes Make-up verlieh ihrem Gesicht die ungerührte Gelassenheit einer ägyptischen Gottheit. Dies war ihr Arbeitskostüm, auffallend, wenn sie vor einem hölzernen Hintergrund stand und Jacko und seinen Messern gegenübertrat. Die geworfenen Klingen würden die Verschlüsse durchtrennen, das Gewand lösen und sie letztlich nackt im gebündelten Lichterglanz zurücklassen.

»Komm schon«, fauchte sie ungeduldig. »Trink es!«

Er erhob sich auf einen Ellbogen und schluckte gehorsam die Flüssigkeit.

»Ich hab dich nie zuvor betrunken gesehen«, kommentierte sie. »Nicht auf kalte, gemeine, Streit suchende Weise betrunken. Du hast beinahe die mittlere Gasse zertrümmert. Hast sie jedenfalls ruiniert. Du hast dich mit drei Männern gleichzeitig angelegt«, fügte sie hinzu. »Mit bloßen Händen. Sie glaubten, einer von ihnen sei tot.

Den anderen beiden ging es nicht viel besser. Die Wetten standen dreißig zu eins gegen dich.«

Er schwang seine gestiefelten Füße über die Kante der Liege und setzte sich aufrecht. Er hatte ihr Bett benutzt. Das Zelt war erfüllt von ihrer Anwesenheit, ihrer Kleidung, Plunder, kleinen Andenken. Er fuhr mit den Fingern durch seine zerzausten Haare. Seine Zunge fühlte sich dick an, belegt, unrein.

»Kannst du dich daran erinnern?« Sie setzte das Glas ab, das er ihr reichte.

»Ja.«

»Also warst du nicht so betrunken. Ich bin froh, das zu hören.« Sie setzte sich neben ihn auf die Liege, drängte nah an ihn, sodass er die lange Rundung ihrer Schenkel spüren konnte, die sinnliche Wärme ihres Körpers. »Was ist passiert, Earl? Hat sie dir eine Abfuhr erteilt?«

Er antwortete nicht.

»Ich dachte, du wärst vernünftiger«, fuhr sie unbewegt fort. »Ein Püppchen wie sie. Eine Lady. Eine verwöhnte Schlampe, die darauf aus ist, ein wenig Spaß zu haben. Und du bist darauf reingefallen. Du!«

»Sei still!«

»Warum? Kannst du die Wahrheit nicht ertragen? Ist dein Stolz so verletzt? Werde vernünftig, Earl. Sie ist nicht dein Menschenschlag. Was für eine Zukunft konntest du dir mit ihr erhoffen?«

Sie drängte sich noch näher, ließ ihren Körper auf seinen wirken, nutzte die Weiblichkeit, von der sie wusste, dass sie sie besaß, ihre uralte Magie wirken. Das und mehr.

»Erinnerst du dich?«, flüsterte sie. »Als du herkamst. Was du sagtest und was du getan hast?«

Es hatte eine Zeit von Lichtern, Lärm und blutigen Gefechten gegeben. Da war Schmerz gewesen und das Verlangen, den Schmerz zu bekämpfen, ihn auf dem besten Wege zu bekämpfen, den er kannte. Und danach? Nada und ihr Zelt und eine Flasche voll Wein. Wein und ...? Er schmeckte den Belag auf seiner Zunge.

»Du hast mich betäubt«, sagte er. »Hast etwas in mein Getränk gemischt. Etwas, um mich auszuschalten.«

Sie leugnete es nicht. »Was hätte ich sonst tun können? Dich gehen und sterben lassen? Du warst beinahe verrückt, Earl. Ich musste dich vor dir selber retten.«

»Wie lange?« Er erhob sich und schaute durch die Zeltklappe. Die mittlere Gasse war verlassen. »Verdammt, wie lange habe ich hier gelegen?«

»Lange genug.« Sie triumphierte. »Das Tor ist offen«, sagte sie. »Der Wettbewerb hat begonnen. Die meisten Herausforderer sind drinnen. Aber nicht du, Earl. Du musst dich nicht töten lassen. Bleib hier bei mir und wir gehen gemeinsam fort.«

»Mit welchem Geld?«

»Wir werden es herausfinden.«

»Nein.« Er stieß die Klappe beiseite und trat hinaus. Nada ergriff seinen Arm.

»Sei kein Narr, Earl. Du hast gehört, was Notto sagte. Du hast keine Chance, dort lebendig hindurch zu kommen.«

»Ich habe eine Abmachung getroffen«, sagte er fest. »Ich werde sie einhalten. Später, wenn ich das Geld habe, können wir entscheiden, was zu tun ist. Nun habe ich einen Job, mit dem ich weitermachen muss.«

»Für sie?«

»Für mich«, korrigierte er. »Ich bin pleite. Ich brauche Geld. Dies ist meine Chance, welches zu bekommen.«

Er riss sich los und trat aus dem Zelt. Jacko blickte, mit den Messern beschäftigt, flüchtig zu ihm. Er lächelte, als er mit dem schimmernden Stahl spielte. Aber bevor er etwas sagen konnte, rief eine Stimme weiter die Reihe hinab: »Earl!«

Es war Blaine. Er kam angerannt, sein Gesicht floss vor Schweiß, der Dolch hüpfte an seiner Hüfte. »Earl! Gott sei Dank hab ich dich gefunden!«

»Ich war hier«, sagte Dumarest. »Ich bin die ganze Zeit hier gewesen. Du hättest fragen sollen.«

»Habe ich. Sie haben abgestritten, dich gesehen zu haben.« Blaine rang um Atem. »Es geht um Derai«, keuchte er. »Sie hat deinen Platz in dem Wettbewerb übernommen. Sie ist in das Kampfgebiet gegangen.«

* * *

Es befand sich eine Menge draußen vor dem Tor: Touristen, einige Herausforderer, die sich aufgrund von Aberglauben oder kalkuliertem Vorteil zurückhielten, Schwarzhändler, die Ratschläge und fragwürdige Informationen verkauften, Spieler und solche, die nur Wetten annahmen. Vier Wachen, in Braun und Gelb gekleidet, standen an beiden Seiten des Tores, Lasergewehre ruhten in ihren Armen. Vier weitere, gleichartig gekleidet und bewaffnet, standen just inmitten des Portals. Eine verhüllte Gestalt, unbewaffnet, aber mit bedeutsamerer Macht hörte zu, wie Dumarest sprach.

»Bitte.« Er hielt eine Hand hoch, um Protest vorzubeugen. »Sie müssen die Lage anerkennen. Einmal innerhalb der Zone ist es keinem Herausforderer gestattet, sie auf anderem Wege zu verlassen als durch das ferne Tor.«

»Aber sie sollte gar nicht hier sein«, tobte Dumarest. »Sie hat meinen Platz genommen. Es hätte nicht erlaubt werden dürfen.«

»Einen Moment.« Der Beobachter studierte ein Bündel Blätter, die an ein Brett geklemmt waren, das er unter seinem Arm trug. »Wen repräsentieren Sie?«

»Caldor.«

»Der Herausforderer für Caldor hat die Zone betreten. Der Name wurde genannt und die Gebühr wurde bezahlt. In der Angelegenheit gibt es nicht mehr zu sagen.«

»Zum Teufel auch!« Dumarest trat vor. Augenblicklich hoben zwei der inneren Wachen ihre Waffen.

»Riskieren Sie Gewalt und Sie werden verbrannt«, warnte der Beobachter. »Treten Sie vor und das Gleiche wird passieren. Nun seien Sie bitte vernünftig. Wir können nicht die Berechtigung jedes Herausforderers überprüfen. Es ist ausreichend, dass er behauptet, einen Anwärter zu repräsentieren, und dass die Gebühr gezahlt wurde. Es ist selten«, fügte er trocken hinzu, »dass jemand solch eine Imitation versucht. Es kann keinen persönlichen Gewinn geben, verstehen Sie? Die betreffende Person muss einen sehr guten Grund gehabt haben, Ihren Platz einzunehmen.«

Den besten, dachte Dumarest bitter. Derai war in das gegangen, von dem sie glaubte, es sei der sichere Tod. Sie hatte es getan, um sein Leben zu retten.

»Ich muss unbedingt dort hineingelangen«, sagte er. »Was muss ich dafür tun?«

»Wenn Sie die Gebühr haben, wäre das ausreichend.« Der Beobachter blieb ruhig. »Aber Sie müssen sich beeilen. Das Tor wird bald geschlossen. Es wird sich bis zur nächsten Zulassungsperiode nicht wieder öffnen.«

Dumarest fuhr herum, fand Blaine, ergriff ihn am Oberarm.

»Ich konnte sie nicht aufhalten«, sagte Blaine. »Ich wusste nicht, was sie vorhatte. Ich dachte, sie sei zum Tor gekommen, um dir Glück zu wünschen oder etwas in der Art. Ehe ich michs versah, war sie eingetreten.«

»Das ist jetzt egal.« Die Vergangenheit war unabänderlich. Dumarest hatte keine Zeit für Bedauern. »Finde Emil«, befahl er. »Bring ihn dazu, dir den Preis für eine Gebühr zu geben, und bringe sie schnell hierher.«

»Was hast du vor, Earl?«

»Ich folge ihr. Nun beweg dich, verdammt noch mal!«

Er erzwang sich seinen Weg durch die Menge, drehte sich, sah etwas, was er bisher nicht bemerkt hatte. Hoch über dem Portal hing eine große, erleuchtete Tafel. Sie war in Abschnitte unterteilt. Die meisten waren mit einem Namen und einer Nummer erleuchtet. Noch während er zusah, begann ein leerer Abschnitt zu leuchten.

»Dumar«, sagte ein Mann an seiner Seite. »Position fünfzehn.« Er lutschte an einem Stift und machte eine Notiz auf einer Karte. »Das sind seine drei Herausforderer«, sinnierte er. »Zwölf, zweiundachtzig und fünfzehn. Zweiundachtzig ist keine große Hilfe. Ich schätze die Chancen für Dumar werden zwischen zwölf und vierzehn zu eins gegen ihn stehen.« Er schaut zu Dumarest auf. »Was hast du gesagt, mein Freund?«

»Begünstigen Sie ihn nicht ein wenig?«

»Vielleicht, aber ich habe seine Jungs beim Üben gesehen. Glauben Sie es mir, die sind gut.«

Dumarest nickte, schaute zu der Tafel, verstand nun ihren Zweck. Er fand den Namen Caldor – Position fünf. Darüber und darunter waren die Abschnitte leer. Er stieß seinen Informanten an und stellte eine Frage.

»Man muss es so nehmen, wie es kommt«, erklärte der Mann. »Das ist eine schlechte Stelle, ganz unten, nahe dem Ende der Zone. Wenn nun Caldor zwei weitere Herausforderer aufgestellt hätte und sie es schaffen würden, auf einer der Seiten platziert zu werden, wären die Chancen anders. Die drei könnten als Gemeinschaft agieren, verstehst du? So, wie es ist, würde ich, sagen wir, fünfzig zu eins dagegen anbieten.«

»Der Herausforderer ist eine Frau. Ein Mädchen.«

»Ist das so?« Der Mann pfiff. »Machen Sie zweihundert zu eins draus. Fünfhundert, wenn Sie wollen. Ein krasser Außenseiter. Sie hat keine Chance.«

Dumarest bewegte sich weiter, war sich der vergehenden Zeit bewusst. Wie viel länger würde das Tor offen bleiben? Wo war Blaine? Er wandte sich beim Klang seines Namens um.

»Earl.« Es war Nada, Jacko an ihrer Seite. »Sei kein Narr, Earl«, sagte sie. »Dein Problem ist gelöst.«

»Derai ist da drinnen.«

»Das meinte ich.« Sie lächelte. »Jacko hat gehört, was Blaine sagte. Also hat sie deinen Platz übernommen. Nun, das ist zu schade – für sie.«

»Miststück!«

»Erwartest du, dass ich um sie weine?« Nada war trotzig. »Warum zur Hölle sollte ich? Was bedeutet sie mir? Earl, du Narr, warum solltest du dich zerreißen? Warum die Karten nicht so spielen, wie sie dir ausgeteilt wurden.« Sie schaute in seine Augen. »Du sitzt fest«, sagte sie bitter. »Du liebst sie. Liebst sie wirklich. Sei verdammt, Earl! Warum hätte es nicht ich sein können?«

»Du musst die Karten so spielen, wie sie dir ausgeteilt wurden«, sagte er düster. »Erinnerst du dich?«

»Können wir helfen?« Ausnahmsweise lächelte Jacko nicht. »Nada ist verärgert«, erklärte er. »Sie meinte nicht die Hälfte von dem, was sie sagt. Gibt es etwas, was wir tun können?«

»Könnt ihr mir die Gebühr für einen Herausforderer leihen?« Dumarest kannte die Antwort. »Natürlich könnt ihr das nicht. Wie auch? Und warum solltet ihr überhaupt?« Er reckte seinen Hals und schaute über die Menge. »Was zur Hölle hält Blaine auf?«

»Er ist Geld holen?« Jacko nickte. »Natürlich, was sonst? Das kann er Ihnen geben, aber vielleicht kann ich Ihnen eine Kleinigkeit geben, was er nicht kann. Einen Vorsprung«, erklärte er. »Einen Vorteil, den die anderen nicht haben.«

»Ein Messer?«

»Genau das. Gehen Sie an Ihre Position und bleiben Sie dort, dicht an der Wand. Halten Sie ein Auge offen für das, was nahebei herunterfällt. Ich versuche, Ihnen eine Klinge zu besorgen. Wenn ich Glück habe, schaffe ich es.«

»Und wenn Sie bei dem Versuch geschnappt werden?«

»Dann brennen sie mich nieder«, sagte Jacko ruhig. »Das ist der Grund für die Wachen. Das ist, weshalb man mich nicht schnappen wird. Geben Sie mir eine Chance, aber warten Sie nicht, bis Sie alt sind.«

Dumarest nickte aus Dank. Jacko bewegte sich fort. Von irgendwo erklang ein Gong, tief, sonor, vibrierte in der Luft.

»Sie machen sich bereit, das Tor zu schließen«, sagte Nada. Besitzergreifend nahm sie seinen Arm. »Mach dir nichts draus, Earl. Du hast es versucht.«

Ungeduldig schüttelte er sich frei. Der Gong erklang erneut, als er sich seinen Weg durch die Menge auf das Tor zu erzwang. Es glich einem enormen Fallgitter. Als der Gong ein drittes Mal erklang, begann sich die massive Platte zu dem Boden darunter herabzusenken.

»Earl!« Er drehte sich um, als er seinen Namen hörte. »Earl! Wo bist du?«

»Blaine!« Er erhob sich auf die Zehenspitzen, sprang hoch in die Luft, winkte. »Blaine! Zum Tor! Zum Tor, Mann! Beeilung!«

Er erhaschte einen Blick auf Grün und Silber, einen gehobenen Arm, etwas Dunkles, das durch die Luft über die Köpfe der Menge sauste. Er fing es, einen Sack, spürte Münzen in dem Material und wandte sich dem Tor zu.

Die Platte war bereits beinahe geschlossen. Sie fiel nun, wo sie ihre Reise fast beendet hatte, schneller. Dumarest hechtete mit dem

Kopf voran dem verbleibenden Platz entgegen, spürte Dreck über sein Gesicht kratzen, die untere Kante der Tür über seinen Rücken streifen. Er rollte fort, als die Tür zentimetertief in dem sandigen Boden aufsaß, und schaute hinauf in ausgerichtete Gewehre. Er warf den Geldbeutel dem Beobachter entgegen.

»Ihre Gebühr«, sagte er.

Der Beobachter fing ihn, überprüfte den Inhalt, nickte zustimmend. »Sie repräsentieren?«

»Caldor.«

12

Innerhalb der Zone war die Luft heiß, es roch ziemlich übel, es stank nach Verwesung und einem schneidenden Insektengeruch, der an Hive erinnerte. Hier würde es allerdings keine Bienen geben. Bienen brauchten Blumen und es gab keine Blüten. Dumarest schaute hinauf. Hinter ihm schwang die Wand einwärts, die obere Kante drei Meter vor der unteren. Die Krümmung und der Rand aus Stacheln machten es unmöglich zu klettern. Die Wachen, die nun am oberen Ende patrouillierten, waren eine zusätzliche Vorsichtsmaßname. Er fragte sich, ob Jacko Erfolg haben würde, ihm ein Messer zu besorgen.

Dumarest lehnte sich zurück gegen die Wand und schätzte die Situation kritisch ab. Seine Position war Nummer dreiundvierzig – schlecht, aber sie hätte viel schlechter sein können. Zwischen ihm und Derai hätten siebenunddreißig Herausforderer sein können, von denen jeder die Chance einer leichten Tötung ergreifen würde, um damit die Konkurrenz zu reduzieren. Aber das Signal war bereits gegeben worden; sie würden in Bewegung sein, auf das Tor zudrängen, ihre Positionen verlassen, um sich anderen ihrer eigenen Gruppe anzuschließen oder, falls sie alleine waren, zu versuchen, so viel Vorsprung zu erlangen, wie sie konnten. In diesen ersten Minuten war Nachdenken wichtiger als Handeln.

Er dachte kurz an Notto. Vielleicht hatte Nada den Mann angewiesen zu lügen oder vielleicht glaubte er wirklich, was er sagte. Es spielte keine Rolle. Nicht jetzt. Nichts spielte eine Rolle, außer am Leben zu bleiben. Tot würde er Derai nichts nützen.

Er bewegte sich und fühlte Stein an seiner nackten Haut kratzen. Er war bis auf seine Shorts und Stiefel ausgezogen – seine Kleidung hätte ihm einen zu großen Vorteil gegeben und der Beobachter hatte ihm deshalb befohlen, sie abzulegen. Aber sie hatten ihm seine

Stiefel gelassen; er war froh darum. Er fragte sich, was das Mädchen tragen würde.

Zeit verging, zu viel Zeit. Sie konnte schon tot sein, sich bereits in Gefahr begeben. Ungeduldig studierte er die Karte, die ihm in die Hand gesteckt worden war. Wie Notto gesagt hatte, war der Ort ein Labyrinth, zerrissen von gewundenen Schluchten, vernarbt durch tiefe Kanäle, die in das Erdreich gemeißelt worden waren, reich an Orten, an denen man sich verstecken konnte. Hervorstechende Orientierungsmerkmale zeigten den Weg zum fernen Tor. Es befand sich an der Spitze einer lang gestreckten Landenge. Dort, entschied er grimmig, würde der Ort der größten Gefahr sein. Von allen Risiken, die an diesem Ort zu finden waren, würden Menschen am meisten zu fürchten sein.

Er hörte einen Ruf von hinter der Wand, schwach, gedämpft durch dicken Stein. Oben rief eine Wache einen Befehl. Der Lärm wurde lauter und etwas schimmerte in der Luft, um dann mit der Spitze voran im Lehm zu zittern. Dumarest lief darauf zu und ergriff es, schloss seine Hand um das Heft des Messers. Jacko hatte sein Versprechen gehalten. Vielleicht hatte er eine Ablenkung arrangiert, um die Aufmerksamkeit der Wache anzuziehen. Vielleicht war er gestorben, nachdem er die Waffe geworfen hatte. Es spielte keine Rolle. Dumarest hatte seinen Vorteil.

Er rannte auf Derais Position zu, hielt die Wand nahe an seiner Seite, die Augen suchten wachsam nach Anzeichen von Gefahr. Hier war es unwahrscheinlich, aber innerhalb der Zone war der Preis fürs Überleben ewige Wachsamkeit. Er erhaschte einen Blick auf etwas Weißes voraus. Ein Mann, der dem gleichen Gedankengang folgte wie er selbst, schritt auf ihn zu. Er trug einen faustgroßen Stein in jeder Hand. Als sie sich einander näherten, zog er seinen rechten Arm zurück und schleuderte den Stein.

Dumarest fing ihn, fühlte ihn gegen seine linke Handfläche schlagen, schleuderte ihn in einer einzigen, koordinierten Bewegung zurück. Er schlug zwischen zuckende Augen, verwandelte Weiß in Rot, zermalmte die Nase. Der Mann ächzte und sank auf die Knie. Ohne aus dem Tritt zu geraten, sprang Dumarest über ihn und rannte seinen Weg weiter.

Einer erledigt. Der Mann konnte tot oder bloß bewusstlos sein, aber er war gebremst und nicht länger eine Gefahr. Einer erledigt – wie viele würden noch folgen?

Mindestens einhundert. Aller Wahrscheinlichkeit nach mehr. Wo zur Hölle war das Mädchen?

Unwillkürlich hatte er die Schritte gezählt. Er war an der ungefähren Position angekommen, doch das Mädchen war nirgends zu sehen. Er hielt an, seine Brust hob sich, als er Luft in seine Lungen saugte. *Zeit*, dachte er. *Zu viel Zeit ist seit dem Signal vergangen. Jacko hat mich zu lange zurückgehalten. Sie könnte überall sein. Wie soll ich sie finden?*

Finster blickte er auf die Karte. Sie würde sich fürchten – mehr als das, entsetzt sein. Die ganze Zone war von Gedanken an Schmerz und Tod erfüllt. Sie würde entkommen müssen, aber wie? Direkt in das Unbekannte rennen? Warten, kriechen? Der Wand folgen? Er erinnerte sich an den Mann, den er niedergestreckt hatte, dessen grausame Wildheit. Hätte er seine Hand zurückgehalten, weil das Opfer ein Mädchen war? Aber wenn sie tot war, wo war ihr Körper?

Er schaute auf das Messer, ein Vorteil, nun nutzlos. Er steckte es in seinen Stiefel, zwang sein Gehirn zu denken, die Fakten genau zu betrachten, nicht die Emotionen. Ein Vorteil. Ein Vorsprung. Das Messer war einer, aber hatte er einen anderen?

Wenn er ihn nicht fand, würde sie sicherlich sterben.

* * *

Ein Cyber konnte keinen Zorn spüren. Er konnte nicht auf das Adrenalin ansprechen, das in seinen Blutstrom schoss, auf das Verengen der Blutgefäße, auf das Zusammenziehen der Muskeln. Sein Körper war ein effizientes Werkzeug, das Gehirn zu verwahren, aber das war auch schon alles. Angst, Hass, Furcht, Liebe: Diese Empfindungen gehörten zum Bereich unbekannter Schwächen, unter denen niedere Männer litten. Die Stärke eines Cybers lag in der kalten, ruhigen, berechnenden Distanziertheit unbefleckter Intelligenz. Aber wenn ein Cyber Zorn gekannt hätte, dann hätte Regor diesen sicherlich jetzt empfunden.

»Ihr seid Euch dessen sicher, was Ihr da sagt?« Sein gleichmäßiger, monotoner Klang verriet nichts. Seine Augen waren die Zwillingslinsen eines Roboters, aber irgendwie war die Atmosphäre mit Anspannung aufgeladen.

»Das Mädchen ist tatsächlich im Kampfgebiet?«

»Ja«, sagte Blaine.

»Ihr habt ihr erlaubt teilzunehmen?«

»Ich konnte sie nicht aufhalten. Ich dachte, sie sei gegangen, um Dumarest zu sehen. Sie trat ein, bevor ich erriet, was sie vorhatte.«

»Dumarest!« Der Cyber hielt inne. »Dieser Mann. Ist er ihr gefolgt?«

»Ja«, sagte Blaine. »Ich habe es geschafft, ihm die Teilnahmegebühr rechtzeitig zu besorgen.« Er schaute zu seinem Onkel. »Emil gab sie mir. Er wollte es nicht.« Er fügte hinzu: »Ich musste ihn überzeugen.« *Mit einem Messer an der Kehle*, dachte er, und fragte sich, ob er seine Drohung, den Mann zu töten, wahr gemacht hätte, wenn dieser das Geld nicht preisgegeben hätte.

»Er war zögerlich?«

»Warum denn auch nicht?« Emil hatte die Sache durchdacht. »Es bedeutet, gutes Geld schlechtem hinterherzuwerfen. Wie kann das Mädchen womöglich hoffen zu überleben?«

Er hatte bereits die Vorzüge entdeckt. Wenn Derai tot wäre, gäbe es die Schwierigkeit nicht, eine ungewollte Hochzeit erzwingen zu wollen. Ohne natürlichen Erben gäbe es den Ärger vonseiten eifersüchtiger Verwandter nicht. Der Alte Herr war tot. Johan war nun das Oberhaupt von Caldor. Nach ihm? Wer außer Ustar? Und Blaine würde den perfekten Zeugen für Emils Unschuld in der Angelegenheit abgeben. Er bleckte seine Zähne bei der Erinnerung an die Klinge an seiner Kehle. Es würde nicht lange dauern, bis der junge Mann mit ziemlicher Sicherheit tot war.

Schritte knirschten außerhalb des ausgewalzten Plastiks. Carlin, ihr Führer, trat ein. Er trug gefaltete Kleidung über einem Arm.

»Von Eurem Herausforderer«, erklärte er, »dem Mann Dumarest. Ich überlasse sie Eurer Obhut.«

Blaine schaute auf die Kleidung. »Was passiert nun?«

»Da Caldor zwei Herausforderer hat und die Möglichkeit besteht, dass beide gewinnen, ist es Euch erlaubt, zwei Anwärter in das Gebiet hinter dem fernen Tor zu schicken. Ihr werdet geführt werden.« Seine Augen wanderten, berührten einen nach dem anderen. »Welche zwei, müsst Ihr selbst entscheiden.«

»Ich werde gehen«, sagte Blaine schnell. »Dumarest wird seine Kleidung brauchen. Ich kann mich um Großvater kümmern.«

»Der Alte Herr ist tot«, sagte Regor. »Aber geht, wie Ihr es vorschlagt.«

»Tot?« Blaine schaute zu seinem Onkel. »Wann?«

»Es spielt keine Rolle«, sagte Regor. »Nun geht dorthin, wo Ihr warten müsst.« Alleine starrte er zu Emil. »Ihr habt einen Fehler gemacht«, sagte er. »Wie oft habe ich Euch gesagt, dass dem Mädchen kein Leid zugefügt werden darf?«

»Es war ihre eigene Wahl.«

»Nein«, widersprach der Cyber. »Der wahrscheinliche Ablauf der Ereignisse war von Anfang an offensichtlich. Ihr wusstet, dass sie eine Beziehung zu Dumarest aufgebaut hatte. Diese Verbundenheit sorgte dafür, dass sie unter emotionalem Druck handelte. Ihr hättet niemals erlauben dürfen, dass sich diese Situation entwickelte. Der Mann hätte schon vor langer Zeit eliminiert werden müssen.«

»Ist mir dafür die Schuld zu geben?«

»Wem sonst? Ihr habt die Autorität übernommen, also müsst Ihr die Verantwortung akzeptieren. Euretwegen ist das Mädchen gefährdet, ihr Leben zu verlieren.«

»Und das beunruhigt dich?« Emil schaute den Cyber nachdenklich an. »Das tut es«, sagte er. »Warum? Was ist euer wirkliches Interesse an dem Mädchen? Der Cyclan wollte sie an ihrem College. Etwas hat sie fortlaufen lassen. Wurdest du angewiesen, dich um sie zu kümmern? Falls ja, dann hast du versagt. Was macht der Cyclan mit jenen in seinem Dienst, die versagen? Was passiert in solch einem Fall?«

Regor gab keine Antwort.

»Ich beginne zu verstehen«, sinnierte Emil. »Die Art, wie ihr Leute arbeitet, heimlich, immer verborgen, andere wie Puppen manövrierend. Warum, Regor? Was wollt ihr auf Hive?«

»Nichts.«

147

»Lüg mich nicht an! Ich verlange die Wahrheit!«

»Ihr kennt sie. Was könnte den Cyclan an Eurer mitleiderregenden Welt interessieren? An einem Anachronismus einer Sozialstruktur? Das Gelée mutierter Bienen? Nein, Mylord. Es gibt nur ein Sache von Wert, die Eure Welt hervorgebracht hat: das Mädchen Derai.«

»Und ihr wollte sie.« Emil bleckte seine Zähne bei der Erkenntnis, wie er benutzt worden war. »Ihr habt die ganze Zeit versucht, sie in eure Fänge zu bekommen. Zuerst das College, und als sie von dort entkam, etwas anderes. Immer daran denkend, unschuldig zu erscheinen. Stets als leidenschaftslose Berater zu erscheinen und nichts anderes. Der Alte Herr«, sagte er, sich erinnernd. »Hatte er wirklich Geld auf die hohe Kante gelegt? Oder war das ein anderer eurer Tricks?«

»Der Plan hat funktioniert«, sagte Regor. »Ihr habt Hive mit dem Mädchen verlassen. Ihr habt sie aus dem Schutz Eurer Festung genommen.«

»Also war es eine Lüge«, sagte Emil. »Und du hast ihn getötet, bevor er es verraten konnte. Oder vielleicht ist er einfach gestorben. Es spielt keine Rolle. Und du hast versagt, Cyber. Du hast das Mädchen noch immer nicht.« Er brüstete sich mit seinem Triumph. »Du hast versagt!«

»Nein«, sagte Regor ruhig. »Noch nicht. Ihr vergesst den Mann Dumarest. Und der Cyclan ist nicht ohne Einfluss auf dieser Welt. Aber Ihr – Ihr wisst zu viel.«

»Und ich werde noch mehr wissen«, sagte Emil. Er hatte eine augenblickliche Vision davon, den Cyclan in seiner Gewalt zu haben, von dem Geld, das er für sein Schweigen verlangen konnte. Er blickte herab, als Regor nach vorne griff und seine Hand berührte. Ein einzelner Tropfen Blut trat aus der verletzten Haut hervor. »Was ...?«

Der Tod kam augenblicklich. Nicht aus Rache verursacht oder aus Hass oder aus Gründen der Furcht. Einzig verursacht, weil Emil nicht länger von Nutzen sein konnte und, schlimmer, nun nur eine Behinderung der subtilen, hinterlistigen, weitreichenden Macht des Cyclan sein könnte.

* * *

Sie wandelte in einem Albtraum fremdartiger Formen und noch fremdartigerer Stimmen, aus Erde, die an ihren Füßen zog, und Steinen mit Mündern, die nach ihrer Kleidung schnappten. Es wurden Bilder in schreienden Linien aus Schmerz gezeichnet: ein Mann, paralysiert, der mit seiner geistigen Stimme flehte, während um ihn herum dornenbewehrte und hohle Ranken sein Blut tranken; ein anderer in einer Grube gefangen, an deren Grund riesige Mandibeln in fieberhafter Erwartung zuschnappten. Tod und Schmerz und die Angst vor dem Tod umspülten sie wie die Wellen der See. Wahnsinn war überall.

Nur die Stimme war vernünftig.

Derai. Derai. Komm zu mir. Dumarest sprach. *Ich bin am Fuß der Steinsäule. Der erste Orientierungspunkt rechts auf deiner Karte. Derai. Derai. Komm zu mir ...*

Manchmal schwankte die Stimme. Zweimal verklang sie und roter Zorn wogte dort, wo sie gewesen war. Aber jedes Mal war sie wiedergekehrt. Blind hielt sie darauf zu.

»Derai!«

Ihre Füße zogen an saugendem Schlamm.

»Derai!«

Es war nicht länger nur eine geistige Stimme, der wiederholende Klang in ihrem Kopf, der sich durch reine Beharrlichkeit über andere fordernde Echos erhob. Sie war real, von einer Zunge und Lippen geformt, warme Haut und pulsierendes Blut. »Earl!«

Sie rannte vorwärts und fiel in die Arme, die er um sie legte, starke Arme, beschützend, die vor dem Schrecken abschirmten, der das Kampfgebiet war.

»Derai!« Er hielt sie, streichelte ihr Haar, drückte sie dann fort, seine Augen besorgt, als er sie nach Verletzungen absuchte. »Bist du verletzt?«

»Nein.«

»Bist du sicher?« Erneut untersuchte er sie. Sie trug ein einfaches Hemd aus synthetischen Fasern, das an der Hüfte mit einem Seidenstreifen gebunden war. Sie hatten ihre Überkleidung genommen und sie mit dem weiblichen Äquivalent von Shorts zurückgelassen. Sie war barfuß; sie hatte ihre Sandalen verloren. Er presste seine Lippen bei dem Anblick von Blut auf der zu weißen Haut zusammen. »Hat dich irgendetwas gestochen? Schnell, Mädchen. Antworte!«

»Nichts.« Sie war sich dessen sicher. »Ich bin gegen einen Busch gefallen«, sagte sie. »Er war mit Dornen gespickt. Sie haben meine Beine zerkratzt, meine Füße.« Sie blickte herab. »Ich weiß nicht, wie ich meine Sandalen verloren habe.«

»Aber sonst nichts?« Er hielt seinen Atem an, bis sie ihren Kopf schüttelte. »Gott sei dafür gedankt!«

Sein Plan war aufgegangen. Der andere dünne Vorteil, den sie besaßen, hatte ihnen den nötigen Vorsprung gegeben. Sie zu finden, war aussichtslos gewesen – sie hatte ihn finden müssen. Ihn finden, indem sie seinen geistig gerufenen Anweisungen folgte. Er hatte darauf vertraut, dass ihre telepathische Fähigkeit das Problem lösen würde. Aber es war nicht leicht gewesen.

»Earl!« Sie sah ihm ins Gesicht, gezeichnet von der langen Konzentration, der quälenden Angst, dass er seine Zeit verschwendete, dass sie ihn nicht hören konnte, dass sie bereits tot war. Blut befleckte seinen rechten Arm. Nicht sein eigenes, erkannte sie mit einer Welle der Dankbarkeit; er war unverletzt. Die rote Wut, die sie gespürt hatte, musste er gewesen sein, als er Angriffe abwehrte. »Es ist nicht einfach«, sagte sie, berührte sanft sein Gesicht. »Dazusitzen und nichts zu tun, außer zu denken. Sich zu konzentrieren, wie du es getan hast.«

»Nein«, sagte er. »Es ist nicht einfach.«

»Du bist mir gefolgt«, sagte sie. »Warum?« Es war eine dumme Frage. Sie wusste warum. »Earl, mein Liebling. Ich liebe dich. Ich liebe dich!«

Er schaute ihr in die Augen.

»Und du liebst mich«, sagte sie. »Ich weiß das. Ich habe es die ganze Zeit gewusst, aber ...«

»Du hast versucht, mich zu retten«, sagte er. »Ich verstehe es. Es gibt keinen Grund, noch einmal darüber zu reden. Aber zweifelst du noch immer an mir?«

Ihre Arme, ihre Lippen gaben ihm die Antwort.

»Ruhig!« Sie hatten sich gefunden, das war alles. Ihre Reise zum fernen Tor musste noch gemacht werden, verlorene Zeit musste noch immer wiedergutgemacht werden. Traurig schaute er sie an, mehr ein silberhaariges Kind als je zuvor in dem zerrissenen und befleckten Unterrock, mit den bloßen und zerkratzten Füßen. Wie ein Kind aus irgendeinem industriellen Slum. Es war schwer, sich daran zu erinnern, dass sie die Erbin von Reichtum und Macht war. Zu schwer. Er zog es vor, von ihr als das zu denken, was sie im Augenblick war: jung, schwach, seinen Schutz benötigend.

Seine Stärke so benötigend, wie er ihre Fähigkeit brauchte.

»Wir können gewinnen«, sagte er. »Wir können hier herauskommen, aber wir müssen es zusammen tun. Dein Geist«, sagte er. »Kannst du die Entfernung ausmachen zu dem, was du hörst?«

»Manchmal«, gab sie zu. »Ist eine Stimme stark, ist sie normalerweise nahe. Vielmehr ein Geist – ich komme durcheinander.«

Natürlich, es gab keine Worte, um telepathische Phänomene zu beschreiben. Aber »Stimme« würde genügen.

»Du wirst mich führen«, sagte er ihr. »Ich werde dich auf meinen Schultern tragen. Du wirst für mich nach allem horchen, was eine Gefahr sein könnte. Wenn du etwas hörst, musst du es mir sofort sagen. Halte dich nicht damit auf, dich zu versichern. Wenn es Gefahr gibt, lass es mich wissen. Verstehst du?«

Sie nickte langsam.

»Kannst du den Unterschied zwischen, sagen wir, einer Pflanze und einem Menschen erkennen?«

»Eine Pflanze denkt nicht«, sagte sie. »Sie – nun, sie ist einfach.«

»Ein Insekt?«

Sie erschauderte. »Keine Worte. Nur eine kalte Grausamkeit.«

»Nun gut«, sagte er, entschied sich. »Konzentriere dich auf Menschen. Wenn du einen hörst, lass es mich wissen. Klettere nun hinauf.« Er wartete, als sie auf seine Schultern stieg, schmerzlich leicht, dünne Schenkel an jeder Seite seines Kopfes. »Bereit?«

Sie ergriff sein Haar. »Ja, Earl.«

»Dann halt dich gut fest.«

Das Messer in der Hand rannte er der Zuflucht des fernen Tores entgegen.

* * *

Es war ein Zwilling des anderen, platziert in einer neun Meter hohen Mauer aus stachelbesetztem Stein, ein großes Fallgatter, eine Guillotine, um die Leben von Männern abzuschneiden. Darüber glühte eine große Ziffer Vier. Vier was? Waren vier bereits eingetroffen? Noch vier Plätze über? Dumarest hielt an, ließ die Last in seinen Armen herunter. Eile konnte selbstmörderisch sein. Männer könnten lauern, darauf warten, dass sich andere aus ihrer Gruppe ihnen anschlossen, alle anderen tötend, die zuerst eintrafen.

Er schüttelte das Mädchen in seinen Armen. »Derai!«

Sie hing schlaff in seinen Armen, wachsbleich, die Prellung an ihrer Schläfe dunkelviolett auf ihrer weißen Haut. Sein Gesicht zog sich zusammen, als er sie ansah. Ein Stein, geschleudert von ungesehener Hand, hatte sie beinahe getötet. Auf seinen Schultern reitend hatte sie ein verlockendes Ziel abgegeben und die Gefahr zu spät erkannt. Die letzten drei Stunden hatte er sie in seinen Armen getragen, rennend, gezwungen, Gefahr selber zu wittern.

»Derai!«

Sie stöhnte, bewegte ihren Kopf ein wenig, eine noch immer benommene Person. Er runzelte die Stirn und sah sich um, die Augen wild blickend, die Ohren angestrengt. Nichts. Und das schien falsch. So nahe am Tor hätte es verstohlene Bewegungen vorsichtiger Männer geben sollen. Es hätte Rufe geben sollen, Schreie der Verzweiflung und des Triumphs und vielleicht das Gebrüll der Sterbenden. Die Ruhe, die Stille, war unnatürlich.

Er kämpfte gegen die Verlockung an, sich zu setzen und sich auszuruhen. Für eine Weile, die eine Ewigkeit zu sein schien, war er gelaufen und hatte innegehalten, war ausgewichen und gekreist, hatte Gefahr umkurvt und angegriffen, wenn Angriff nicht zu vermeiden gewesen war. Sein Körper schmerzte und brannte vor Erschöpfung. Seine Augen fühlten sich an wie voller Schmutz, staubig, unzuverlässig. Aber sie lagen gut in der Zeit. Bis zu dem Zwischenfall mit dem Steinwurf sogar sehr gut. Seine Hände verkrampften sich, als er darüber nachdachte. Der Mann würde keine weiteren Steine werfen. Aber die Notwendigkeit, ihr totes Gewicht seitdem zu tragen, hatte ihn verlangsamt. Der Entzug ihrer telepathischen Zusammenarbeit hatte ihn noch weiter gebremst.

Vorsichtig begann er vorzurücken. Beinahe augenblicklich hielt er inne, erkannte wie verwundbar er mit dem Mädchen in seinen Armen war. Er setzte sie ab, beugte sich vor, warf sie über eine Schulter, umklammerte ihren Arm mit seiner linken Hand, seinen linken Arm um ihre Beine gelegt.

Über dem Tor veränderte sich das glühende Schild plötzlich zu der Ziffer Drei.

Also zeigte das Schild die verbleibenden Plätze. Dumarest suchte die Zone einmal mehr ab und wusste, dass die Zeit für Vorsicht vorüber war. Das Zeitfenster war zu eng dafür.

Er rannte, stieß seine Füße gegen das Erdreich, saugte Luft in seine Lungen, die Augen wild voraus und zu allen Seiten. Blut rauschte in seinen Ohren und Schweiß stach in seine Augen. Stählerne Finger krallten sich in seine Lungen, als sein Körper Sauerstoff schneller verbrauchte, als er ihn aus der Luft nehmen konnte. Schwärze umrandete seine Sicht. Verbissen rannte er weiter.

Er sah den Mann gerade rechtzeitig, sprang über die ausgestreckte Kontur, rannte weiter, ohne aus dem Tritt zu geraten. Eine zweite Gestalt lag zusammengesunken an einer Seite. Bei der dritten hielt er inne, sein Instinkt schrie von verborgener Gefahr, antrainierte Reflexe ließen ihn sich in den Dreck fallen lassen.

Nichts. Kein Ruf. Kein Klang einer Energiewaffe. Nicht einmal das sanfte Stampfen von Füßen oder das Rasseln einer nach Luft hungernden Lunge. Nur das Pochen des Blutes in seinem Kopf, die brennende Qual in seiner Brust.

Schnell untersuchte er den Mann. Er war tot ohne erkennbare Ursache. Sein Nacken war intakt, es gab keine Stauung der Kehle, keine Prellung der Haut. Keinen Schnitt oder Stich, keine Verbrennung. Er war einfach gestorben.

Dumarests Haut kribbelte, die primitive Warnung vor Gefahr. Schnell hob er das Mädchen auf und rannte auf das Tor zu. Die Ziffer veränderte sich, als er sich ihm näherte, das Licht zeigte nun eine große Zwei. Vor ihm schien sich der Pfad in die Unendlichkeit zu erstrecken, das Tor zurückzufallen, während er lief.

Dann hatte er es erreicht, fiel durch es hindurch, schlug auf dem Dreck auf, als seine Knie nachgaben, das Mädchen rollte von seiner Schulter, aufgebrachte Lungen füllten seine Brust mit Schmerz.

Während er gegen die Welle der Dunkelheit ankämpfte, die drohte ihn zu umfangen, hörte er das Rumpeln und Aufprallen, als das Tor zuschlug.

13

Da waren Stiefel, eine braune und gelbe Robe, ein kaltes Gesicht, das herabblickte. »Sie haben ein Messer«, warf ihm der Beobachter vor. Er blickte flüchtig dorthin, wo der Knauf oberhalb von Dumarests Stiefel zu sehen war. »Waffen sind in der Zone nicht gestattet.«

»Ich habe es gefunden.« Dumarest hob seinen Kopf, kletterte schmerzerfüllt auf seine Füße. Er hatte einen Fehler gemacht. Er hätte die Klinge ablegen sollen, bevor er durch das Tor gegangen war. Der Irrtum konnte ernst sein. »Ich habe es gefunden«, wiederholte er. »Ich bin nicht damit eingetreten. Sie wissen das. Sie haben mich selbst durchsucht.«

»Das ist wahr.« Der Beobachter stand dort, grübelte. »Es gab eine Unruhe beim fernen Tor«, sagte er. »Ein Mann wurde getötet. Sie könnten es so arrangiert haben, dass er Ihnen die Klinge zugeworfen hat.«

»Ich oder ein anderer«, gab Dumarest zu. Also war Jacko tot. Nun, er hatte das Risiko gekannt.

»Wenn Sie das getan hätten«, sagte der Beobachter, »würden Sie disqualifiziert werden. Zu Tode verbrannt dafür, dass Sie die Regel gebrochen haben.«

»Ich habe es gefunden«, beharrte Dumarest. Seine Augen waren hart, direkt, als er den Mann in Braun und Gelb anstarrte. »Es war in der Zone. Ist es mir vorzuwerfen, dass ich es verwendet habe?«

Der Beobachter zögerte, seine Augen wanderten zu dem Mädchen. »Es gibt Zweifel«, gab er zu. »Sie können den Vorteil daraus ziehen. Aber Sie werden auf Folgone nicht wieder willkommen sein.«

Er verließ sie und Dumarest sah zu, wie er ging. Hochgewachsen, arrogant, sich in diesem Platz der Macht über Leben und Tod haltend. Er sah sich um. Gegenüber dem Tor stand eine Menschenmenge hinter einer Absperrung: Anwärter versammelt, um zu sehen, ob sie einen Platz gewonnen hatten. Eine kleine Gruppe ging davon fort: jene, die erfolgreich gewesen waren. Unter ihnen sah er Blaine.

Der Klang von Wasser hallte auf einer Seite wider. Ein Flüsschen schnitt durch den sandigen Boden, eine schmale Barriere zwischen ihm und der Vegetation dahinter. Er hob das Mädchen auf und ging darauf zu, setzte sie sanft ab, tauchte den Kopf, die Arme und Schultern in den Strom. Er war eiskalt im Vergleich zu der schwülen Atmosphäre. Er tauchte ganz in das Wasser ein, wusch Schlamm, Blut und Schleim von seinem Körper. Der Kälteschock raubte ihm dem Atem, löste etwas von seiner Erschöpfung. Er kehrte zu dem Mädchen zurück, trug sie an den Rand des Stroms und wusch sanft ihr Gesicht, die purpurne Prellung an ihrer Schläfe.

»Earl.« Sie bewegte sich, verzog ihr Gesicht bei der kalten Berührung, öffnete ihre Augen. »Earl!«

Er spürte ihren Schrecken, die unausgesprochene Angst. »Es ist alles in Ordnung«, beruhigte er sie. »Es ist alles vorbei. Wir haben gewonnen. Wir sind aus der Zone heraus und in Sicherheit.«

Sie entspannte sich, las seine Gedanken, wusste, dass er die Wahrheit gesprochen hatte. Ihre Arme hoben sich, umschlossen seinen Nacken. »Earl«, flüsterte sie. »Mein Liebling. Ich liebe dich so sehr.«

Er hielt sie, war sich ihrer elfenhaften Schönheit bewusst, der langen, schlanken Formen ihres Körpers, des silbernen Wunders ihrer Haare. Er spürte einen ungewohnten Frieden. Hier, umschlossen von ihren Armen, lag alles, was er jemals wollte, alles, was er jemals wollen könnte.

Schritte näherten sich. Blaine stand neben ihnen, schaute zu ihnen herunter. »Ihr habt gewonnen«, sagte er. »Ich bin froh.« Er wartete, als sie sich auf ihre Füße erhoben. »Die anderen siegreichen Anwärter sind in die Wälder gegangen«, sagte er. »Wir sind mit die letzten.«

»In die Wälder?« Derai runzelte die Stirn. »Warum?«

»Um ihre Plätze einzufordern. Es gibt eine Brücke weiter unten«, sagte Blaine. »Aber ich denke, wir können den Fluss hier leicht genug überqueren.« Er sprang über den Strom und wartete darauf, dass sie sich ihm anschlossen. Zusammen blickten sie auf das, was vorauslag.

Es war, wie Notto gesagt hatte, eine Ansammlung von etwas, was unterentwickelte Bäume zu sein schienen, buschartig, gigantische Schoten tragend, die auf den Boden hingen, einige offen, die anderen fest verschlossen. Dumarest kratzte mit der Spitze seines Stiefels im Dreck, beugte sich vor, nahm eine Handvoll auf und ließ ihn zwischen seinen Fingern hindurchrieseln. Er war ergiebig, dunkel, reich an Humus. Eine ausgewogene, fruchtbare Lehmerde. Er blickte zurück zur Wand des Kampfgebietes; die Logik des Systems war nun offensichtlich. Die Herausforderer taten mehr, als Geld bereitzustellen; die Toten lieferten einen stetigen Zustrom an Dünger.

Er schaute hinauf zu der Decke, die sich hoch über ihnen wölbte, ein Schimmern fernen Lichts, dann zurück zu den Pflanzen. Die Luft hatte den Geruch von Dschungel, die tropische Üppigkeit, teils weich, teils beißend. Neben ihm nahm Derai seine Hand.

»Ich kann sie hören«, flüsterte sie. »Aber sie denken so schnell! So entsetzlich schnell!«

Dumarest schloss seine Finger um ihre eigenen. »Die Pflanzen?«

»Nein, die Leute. Aber sie denken so schnell. Zu schnell«, beschwerte sie sich. »Ich kann keine Details ausmachen. Es ist nur endloses Rauschen.«

Subjektive Halluzinationen, erinnerte er sich. Ein Jahr, das in einen Tag gestopft wurde. Diese geschlossenen Schoten enthielten Leute: alte, verkrüppelte, sterbende; sie nahmen an einer symbiotischen Beziehung mit der Mutterpflanze teil, lieferten notwendige Mineralien und tierische Stoffe im Austausch gegen eintausend Jahre endloser Träume. Die Schoten – die begehrten Plätze von Folgone.

»Ich weiß nicht, ob wir das Richtige tun«, sagte Blaine zweifelnd. »Ich weiß nicht, ob wir überhaupt hier sein sollten. Wir haben nun keine Verwendung für einen Platz«, erklärte er. »Der Alte Herr ist tot.«

»Ich weiß«, sagte Derai schlicht. »Ich habe ihn sterben gehört.«

»Emil ist ebenfalls tot.« Blaine runzelte die Stirn, als sie den Bewuchs erreichten. »Er war in Ordnung, als ich ihn verließ«, sagte er. »Ich musste wegen irgendetwas zurückgehen. Ich fand ihn dort tot liegend. Ich weiß nicht, was ihn getötet hat.«

Dumarest wurde aufmerksam. »Hast du ihn alleine gelassen?«

»Regor war bei ihm. Warum?«

»Wo ist Regor jetzt ...?«

»Hier«, sagte der Cyber ruhig. »Ich bin hier.«

Er stand dort, das Scharlachrot vor dem Gelb und Braun der Pflanzen, sehr groß, sein Gesicht dünn, streng vor seiner zurückgeworfenen Kapuze. Seine Hände waren in den Ärmeln seiner Robe vergraben. Auf seiner Brust bewegte sich das Siegel des Cyclan leicht zu seinen Atembewegungen.

Dumarest ließ Derais Hand los und machte drei schnelle Schritte auf die scharlachrote Gestalt zu.

»Das ist weit genug.« Regor blickte zu dem Mädchen. »Ihr seht krank aus«, sagte er ruhig. »Warum setzt Ihr Euch nicht hin?«

Sie schüttelte ihren Kopf, aber bewegte sich ein wenig zu einer Seite, drängte sich vor, sodass sie auf einer Höhe mit Dumarest war. Blaine funkelte den Cyber an, sechs Meter entfernt. »Du hast Emil getötet«, warf er ihm vor. »Es kann niemand anders gewesen sein. Streitest du es ab?«

»Nein.«

»Warum hast du ihn umgebracht?«

»Er braucht keinen Grund«, sagte Dumarest barsch. »Er und seine Brut arbeiten mit einem anderen Logiksystem als normale Leute. Vielleicht wurde ihm befohlen, ihn zu töten. Vielleicht hat er es getan, wie du eine Fliege töten würdest. Warum bist du hier?«, forderte er. »Was willst du?«

»Das Mädchen.«

»Das dachte ich mir.« Dumarest erinnerte sich an die toten Männer, die er in der Zone gefunden hatte. »Du hast uns beschützt«, sagte er. »Warum?«

»Der Cyclan hat Freunde auf diesem Planeten«, sagte Regor gleichmäßig. »Ich gab die Befehle, dass das Mädchen zu retten sei, koste es, was es wolle. Sie hatten Glück«, sagte er. »Ein Unfall rettete Sie. Hätten Sie nicht das Mädchen getragen, wären Sie auch gestorben.«

»Derai?« Blaine schaute verwirrt drein. »Aber warum würdet ihr euch all die Mühe machen? Was ist an ihr so besonders?«

»Sie ist ein Telepath«, sagte Dumarest. Er schaute nicht fort von dem Cyber. »Sie ist wichtig für ihn und seine Leute.«

»Mehr als das.« Regor schien noch größer zu werden. »Wie könntet ihr ihren möglichen Wert erahnen? Ihr Kreaturen von befleckter Intelligenz, Sklaven euch hindernder Emotionen, die ihr für den Augenblick lebt anstatt für die Jahrhunderte, die folgen. Das Mädchen ist ein Telepath. Ein Telepath hat Macht – mehr, als ihr jemals erahnen könntet, mehr, als sie sich jemals erträumen könnte. Den Gedanken hinter dem Wort zu kennen, das Motiv hinter dem Gedanken, Hass und Angst und Gier willkürlich entfachen zu können. Zu besänftigen, in der Lage sein zu lügen, die Fähigkeit zu haben, einer Person exakt das zu sagen, was die Person hören will. Jemanden so gut zu kennen, dass er keine andere Wahl hat, als nach deinem Willen zu handeln. Ein Telepath kann das tun. Ein Telepath kann einen Mann besser kennen, als er sich selber kennt. Solches Wissen ist Macht.«

»Macht für den Cyclan«, sagte Dumarest. »Um euch die eine Sache zu geben, die euch fehlt: ein wahres Verständnis von Gefühlen. Und Derai könnte euch das geben.«

»Nein«, sagte Blaine. »Sie wissen, wie sie ist, Earl. Fast die ganze Zeit angsterfüllt. Sie haben ihr Sicherheit gegeben. Ohne die wird sie wahnsinnig werden.« Er schaute von Dumarest zu dem Cyber, verstehend. »Es spielt keine Rolle«, sagte er verblüfft. »Es interessiert euch nicht wirklich, was mit ihrem Geist geschieht. Ihr seht das nicht als wichtig an.«

»Es ist es nicht«, sagte Dumarest gepresst »Nicht für sie.«

»Nein«, sagte Regor. Sein gleichmäßiger monotoner Klang ließ ihn roboterhafter erscheinen als zuvor. »Ihr Geist ist nichts. Wir sind nur an dem interessiert, was sie in ihrem Körper trägt. Ihre Saat. Die Gene, die das genetische Muster der Telepathie tragen. Ihr Körper, um Junge zu produzieren.«

»Nein«, flüsterte sie. »Nein!«

Regor ignorierte sie. »Es könnte notwendig sein, an ihrem Gehirn zu operieren«, sagte er. »Seelenruhe wird ein wichtiger Faktor in der Entwicklung des Fötus sein. Die telepathische Fähigkeit muss direkt in der Gebärmutter erscheinen.«

»Du vergisst etwas«, sagte Dumarest. »Derai ist das Ergebnis einer Chance von einer Millionen zu eins einer erfolgreichen Mutation. Um es zu wiederholen, würde es beide, ihre Mutter und ihren Vater, brauchen – und ihre Mutter ist tot.« Er erinnerte sich an das Dorf. »Du«, sagte er. »Deine Leute. Der Cyclan hat das Dorf Lausary überfallen und die Einwohner genommen. Warum, Cyber? Mehr Experimentiermaterial für eure Labore?«

»Der Cyclan deckt alle Eventualitäten ab«, sagte Regor. »Die Wahrscheinlichkeit, dass das Mädchen uns entkommen würde, war gering, aber durfte nicht ignoriert werden. Ihre Mutter kam aus Lausary. Die Umstände, die zu ihrer Mutation führten, könnten auf gleiche Art andere betroffen haben. Wir werden sehen.«

»Vielleicht«, sagte Dumarest gepresst. Seine Hand sank ein wenig herab, fiel hinab zu seinem Knie.

»Du hast Emil getötet«, sagte Blaine. Er schien von der ungeheuren Tragweite dessen, was er gerade gehört hatte, verblüfft zu sein. »Ihr habt ein Dorf auf Hive überfallen. Nun sprichst du ruhig darüber, Derai zu rauben. Wie kannst du hoffen, damit davonzukommen?«

»Zwei Herausforderer haben zwei Plätze für Caldor gewonnen«, sagte Regor. Seine Hand bewegte sich ein wenig innerhalb seines Ärmels. »Zwei Plätze wurden gewonnen und zwei werden belegt werden. Das Mädchen wird einfach verschwinden. Niemand wird daran denken, dem Cyclan die Schuld zu geben. Warum sollten sie? Welche mögliche Verbindung könnten wir mit solch einer Angelegenheit haben?«

Er genoss das einzige Vergnügen, das er jemals kennen konnte, das Wissen, dass sich eine Voraussage als richtig erwiesen hatte, die intellektuelle Befriedigung eines geistigen Erfolges.

»Und wir?«, stellte Blaine die Frage. »Was ist mit uns?«

Derai warf sich nach vorne, als Regor seine Hand aus seinem Ärmel nahm.

Dumarest sah es, hörte das Zischen des Laserstrahls, als er die Luftfeuchtigkeit verdampfte, roch die Verbrennung, das Blut, hörte den Schmerzensschrei. Er fing das Mädchen mit seinem linken Arm, die rechte Hand zuckte zur Oberseite seines Stiefels, hinauf, vor, das Messer ein Schimmer aus Stahl, als es seine Hand verließ. Regor würgte, fiel auf seine Knie, kippte seitwärts, der Griff der Klinge ein hässlicher Auswuchs aus seiner Kehle.

»Derai!« Dumarest ließ sie auf den Boden, schaute sich an, was die Waffe des Cybers angerichtet hatte. »Derai!«

Er wusste, dass sie starb.

Der Strahl hatte durch den Unterleib geschnitten, Muskeln, Fett und Eingeweide versengt, hatte fast bis zur Wirbelsäule geschnitten. Es gab wenig Blut, da die kauterisierende Wirkung des Strahls die äußere Wunde versiegelt hatte. Aber sie lag im Sterben. Im Sterben!

»Derai!«

Sie öffnete ihre Augen, schaute zu ihm auf, hob eine Hand, um sein Gesicht zu berühren. »Earl.« Ihre Finger verweilten an seinem Mund. »Ich habe seine Gedanken gelesen«, flüsterte sie. »Ich wusste, was er vorhatte. Er hatte vergessen, dass ich das tun konnte.«

Es vergessen oder es war ihm egal oder er hatte die Möglichkeit eines Selbststopfers ignoriert.

»Derai!« Er spürte, wie sich seine Kehle zusammenzog, seine Augen stachen, als wäre er wieder ein Kind. Seine Stimme war ein Echo von Schmerz. »Derai!«

»Es spielt keine Rolle, Liebling«, flüsterte sie. »Du bist am Leben und das ist alles, was wichtig ist. Wichtig für mich, Liebster. Ich liebe dich, Earl. Ich liebe dich.«

Wie konnte er sie sterben lassen?

Er erhob sich, das Mädchen in seinen Armen. Seine Augen funkelten wild, als er die Pflanzen absuchte. Der Schein einer offenen Schote fiel ihm ins Auge und er rannte darauf zu.

»Einen Moment!« Eine Gestalt in Braun und Gelb, bewaffnet, unsichtbar vor der Vegetation, bewegte sich, um ihm den Weg zu versperren. »Was haben Sie vor?«

»Dieses Mädchen hat einen Platz gewonnen«, sagte Dumarest gepresst. »Sie wird ihn erhalten.«

»Ich stimme dem zu«, sagte die Wache. »Aber diese Schote ist noch nicht reif. Nehmen Sie jene dort drüben.« Er zeigte mit seiner

Waffe. »Und ziehen Sie ihre Kleidung aus«, rief er. »Sie muss nackt sein.«

Die Schote war groß, offen, gezeichnet von einem zentimeterdicken Flaum aus flammendem Scharlachrot; eine zahllose Menge haarfeiner, hypodermatischer Nadeln, geformt aus der Frucht selbst. Dumarest riss das verbrannte, blutgetränkte Hemd fort, hob den schlanken Körper auf, legte ihn sanft in die Schote. Augenblicklich reagierte sie, der Flaum presste sich hart gegen die weiße Haut, durchdrang sie, die Ränder der Schote begannen, sich zu schließen.

»Derai, mein Liebling.« Dumarest beugte sich über sie. »Es wird nun alles gut«, versprach er. »Du wirst glücklich sein. Glücklicher als zu jeder anderen Zeit in deinem Leben.«

»Mit dir, Earl?«

Er nickte. Er würde in ihren Träumen sein, solange sie es wünschte. »Ich liebe dich«, sagte er unvermittelt. Seine Hände verkrampften sich, als er gegen die Trauer ankämpfte. »Ich liebe dich.«

»Ich weiß es, mein Liebling.« Sie lächelte, schläfrig; die injizierten Drogen hatten sie bereits ihres Schmerzes beraubt. »Earl, mein Liebling, erinnerst du dich an die Erde? Du dachtest, ich würde dich damit reizen, aber das habe ich nicht. Sie existiert, Liebster. Regor wusste davon. Regor oder einige der anderen. Ich habe nur vergessen, wer.«

»Der Cyclan?«

»Das stimmt, Liebling. Auf dem College.«

Dumarest spürte die Hand auf seinem Arm, das Ziehen, als der Wächter versuchte, ihn zurückzuzerren. »Sie dürfen den Vorgang nicht verzögern«, warnte er. »Bitte treten Sie zurück, wo Sie keinen Schaden anrichten können.«

Dumarest schüttelte seine Hand ab. Die Schote war nun beinahe ganz geschlossen, die unteren Ränder versiegelt, sodass nur ihr Gesicht und die silberne Pracht ihrer Haare sichtbar blieben. Vor dem scharlachroten Inneren wirkte sie ätherisch.

»Gute Nacht, Derai«, sagte er sanft. »Angenehme Träume.«

Sie lächelte, zu schläfrig, zu behaglich, um zu antworten. Während er zusah, schlossen sich die Ränder der Schote über ihrem Gesicht.

Er würde sie niemals wiedersehen.

***

Regor lag dort, wo er gestürzt war, das Scharlachrot aus seiner Kehle vermischte sich mit dem Scharlachrot seiner Robe, die dicke Blutspur machte das Siegel auf seiner Brust fast unkenntlich. Blaine zögerte neben dem toten Mann. »Earl?«

»Lassen Sie ihn hier verrotten!« Jacko war tot und würde sein Messer nicht brauchen. Und für Dumarest war der Cyber etwas, um es zu hassen.

»Es tut mir leid, Earl.« Blaine fasste neben ihm Tritt. »Das mit Derai. Es tut mir leid.«

»Seien Sie nicht traurig um sie.« Blaine würde seine Halbschwester vermissen. Johan würde seine Tochter vermissen. Dumarest konnte ihnen Trauer ersparen. »Sie ist glücklich«, sagte er. »Sie wird für eintausend Jahre glücklich sein. Ihre Zeit, nicht unsere, aber dennoch eintausend Jahre. Sie ist nicht tot«, fügte er hinzu. »Denken Sie das nicht. Sie hat etwas, für das Männer viel bezahlen würden, um es zu erlangen. Um das Männer kämpfen und sterben, um es zu erlangen.«

Eine künstliche Existenz, eingesponnen in der Schote, während ihr Körper eins wurde mit der Pflanze, die ihr Gehirn ernährte, es mit sauerstoffreichen Flüssigkeiten versorgte, um Blut nachzuahmen, mit Drogen, sodass ihre halluzinogenen Träume so real wie das normale Leben waren. So real und weit befriedigender, denn in der Schote gab es keinen Schmerz, keine Furcht, keine Enttäuschung. Und keinen Tod. Überhaupt keinen Tod.

Nicht einmal am absoluten Ende, wenn nur das Gehirn verblieb und unmerklich ihre Intelligenz eins werden würde mit jener der Pflanze selbst. Wenn sie eins werden und auf einen anderen warten würden, um eine Schote zu füllen, wenn sie die stellvertretende Erfahrung einer neuen Intelligenz teilen würden.

»Ich habe nicht an Derai gedacht«, sagte Blaine verlegen. »Es tut mir für Sie leid, Earl.«

»Das muss es nicht.« Die Trauer war schneidend, aber sie würde mit der Zeit abstumpfen. Das Leben musste weitergehen. Es würde andere Welten geben, andere Dinge zu tun, Handlungen, um die schmerzende Leere zu füllen, die Erinnerung daran, was hätte sein können. »Sie sind jetzt allein«, sagte er zu Blaine. »Sie müssen retten, was zu retten ist. Wir haben zwei Plätze gewonnen. Derai hat einen genommen, aber Sie können den anderen verkaufen. Das Geld sollte helfen. Es wird Sie zurück nach Hause bringen und viel übrig lassen.«

»Es ist Ihres, Earl.«

»Ich habe für Bezahlung gearbeitet. Die können Sie mir geben. Derai hat den Rest verdient.«

Sie gingen in Stille und dann: »Was werden Sie nun tun, Earl?« Blaine wartete nicht auf eine Antwort. »Kommen Sie zurück mit mir nach Hive. Wir werden Sie im Haus Caldor adoptieren. Bitte, Earl. Wir brauchen Sie.«

Er sprach aus Gefühl, nicht aus Wahrheit. Blaine würde heimkehren und Johan würde tun, was er schon lange zuvor hätte tun sollen. Wo Emil tot und Ustar entehrt war, wer sonst sollte seine Nachfolge antreten außer seinem leiblichen Sohn? Das Haus würde ihn als solchen anerkennen. Und ein Herrscher sollte nicht von anderen abhängen.

Und wie sollte er in der Festung leben, in der Derai groß geworden war? Ein Teil ihrer Familie sein, mit ihren schmerzvollen Verbindungen?

»Nein«, sagte er scharf. »Ich gehe meinen eigenen Weg.«

»In Ordnung.« Blaine war enttäuscht. »Sie wissen es selbst am besten. Aber versprechen Sie mir eine Sache. Wenn Sie jemals Hilfe brauchen, wenden Sie sich an Caldor. Vergessen Sie uns nicht, Earl«, beharrte er. »Tun Sie das nicht.«

Versprechen, dachte Dumarest. Die Dankbarkeit von Fürsten. Nun, vielleicht war Blaine anders als der Rest. Er konnte meinen, was er sagte. Aber jetzt?

Er streckte sich, fühlte die wiederbelebende Kraft der Wut. Der Cyclan hatte ihm die Frau geraubt, die er geliebt hatte. Dafür würde er bezahlen. Bisher hatte er die Cyber in ihren scharlachroten Roben deswegen nicht gemocht, was sie repräsentierten. Nun hatte er einen Grund für aktiven Hass.

Und sie kannten die Lage der Erde.

Derai hatte ihm das gesagt. Sie hatte nicht gelogen.

Er drehte sich um und schaute zurück zu den Pflanzen, den versiegelten Schoten. Eine von ihnen hielt das Mädchen in ihrer heilenden Umarmung – es war unmöglich zu sagen, welche.

»Auf Wiedersehen, mein Liebling«, murmelte er. »Ich danke dir – für alles.«

Dann wandte er sich um.

Und schaute nicht mehr zurück.

DIE SCAREMAN-CHRONIKEN
Die neue, 12teilige SF-Serie startet im Frühjahr 2016
und erscheint als Paperback und eBook.

www.atlantis-verlag.de